Florian Wintels

Offensichtlich hatte Steffi ihren Laptop mit dabei

Erste Auflage 2020

Alle Rechte vorbehalten
Copyright 2020 by

Lektora GmbH
Schildern 17–19
33098 Paderborn
Tel.: 05251 6886809
Fax: 05251 6886815
www.lektora.de

Druck: MCP, Marki
Autorenfoto: Alexandra Lüüs
Covermotiv: Olivier Kleine, www.olivierkleine.de
Covermontage: Olivier Kleine, www.olivierkleine.de
Lektorat: Lektora GmbH, Denise Bretz
Layout Inhalt: Lektora GmbH, Denise Bretz
Printed in Poland

ISBN: 978-3-95461-164-5

Inhalt

Das Vorwort

Ich hatte in meinem Leben schon viele merkwürdige Begegnungen. Einmal, am Bielefelder Hauptbahnhof, bat mich ein Mann um einen Euro. Als ich verneinend und in Eile zur U-Bahn hechtete, rief er mir noch hinterher: »Komm schon, ich brauch nur noch ein Bier!«

Diese Worte trafen mich härter, als erwartet. Was genau wäre passiert, wenn er sein Bier bekommen hätte? Lange, schlaflose Vormittage grübelte ich über diese Frage nach. Zuerst dachte ich daran, dass er vielleicht nur dieses eine Bier davon entfernt war, Dinge, die ihm nie zu vergessen gelangen, zu vergessen.

Möglicherweise war er aber auch nur ein Bier davon entfernt, eine Bewusstseinserweiterung zu erfahren, die es ihm möglich machte, auf philosophischer als auch soziologischer Ebene ein für alle Mal zu erörtern, warum es Leute witzig finden, wenn man sagt, dass es Bielefeld nicht gebe.

Unter Umständen ginge er sogar noch einen Schritt weiter und stellte wissenschaftlich dar, warum Leute glaubten, es sei lustig, wenn SIE das sagen. Lange Zeit beschäftigte mich diese Begegnung.

Lange Zeit geschah in meinem Leben aber auch nichts Merkwürdigeres.

Doch dann kam Steffi.

Allein der Umstand, dass ich in meinem Leben noch nicht ein Wort mit ihr gewechselt oder ihr in die Augen gesehen habe, macht die ganze Sache noch viel merkwürdiger. Es gab aber auch schon vor Steffi Menschen, die mir den Kopf verdreht haben. Als heranwachsender Knabe war ich einmal verliebt in ein Mädchen. Sie hatte wildes braunes Haar, etwas zu große Schneidezähne und schaffte es, mich auf eine Art zu verzaubern, wie es bisher noch keiner gelungen war. Sie war die Erste, der es gelang, mich vergessen zu lassen, dass ich Mädchen eigentlich doof fand. Ich hatte überall Bilder von ihr aufgehängt, trug Pullover ihrer Schule und verkleidete mich an Karneval sogar als ihr bester Freund, nur um ihr nah zu sein. Als meine Eltern mir eines Tages nachdrücklich offenbarten, dass Hermine Granger lediglich eine Figur aus einem Buch sei, riss es mir den Boden unter den kleinen Füßen weg. Ich warf all die Kalender, Poster und Zauberstäbe weg und versprach mir selber hoch und heilig, nie wieder eine Frau so etwas mit mir machen zu lassen. Das klappte allerdings nur etwas mehr als zehn Jahre gut ...

Ich hatte auch schon vorher Dinge nicht verstanden. Damals im Matheunterricht: Kurvendiskussionen.

Aber Steffi hatte da ein anderes Kaliber an Unordnung in meinem Kopf hinterlassen!

Das liest sich jetzt natürlich alles sehr verwirrend und mysteriös. Ein guter Freund hat mir mal gesagt, man müsse im Vorwort eines Buches die Leser*innen fesseln und davon überzeugen, dieses weiterlesen zu wollen. Falls das bei euch bis hierhin geklappt hat, möchte ich mich an dieser Stelle kurz beglückwünschen. Sicher fragt ihr euch jetzt, was es denn bloß mit dieser Steffi auf sich hat und was genau ich damit sagen möchte. Vielleicht fragt ihr euch auch, ob der Autor hier dramaturgisch nicht ein wenig übertreibt. Lasst mich euch versichern, dass ich das nicht tue ...

Wir schreiben den 02.06.2019.

Ein paar Tage zuvor hatte ich eine Soloshow in Hannover. Das Wetter war fantastisch und trotz dessen erbarmten sich ein paar Figuren, einen Abend lang meinen Geschichten zu lauschen. Die Show lief gut und ein verhältnismäßig großer Teil des Publikums ist sogar zur Zugabe geblieben. Im Anschluss schoss ich ein paar Fotos mit den Fans, trank drei Bierchen und hatte den Abend für mich persönlich unter »gelungen« verbucht. Was ich bei all dem nicht bedachte, war, dass Worte häufig einen größeren Eindruck hinterlassen, als man ursprünglich beabsichtigte. Sie bieten immer auch die Möglichkeit der Überinterpretation. Dahingesagtes wird plötzlich viel größer, als man es eigentliche meinte, und so geschah es, dass ich an einem frühen Juni-Nachmittag mein virtuelles Postfach öffnete und dort eine Mail vorfand. Eine Mail, die mich lange Zeit sprachlos hinterließ. Eine Mail, die sich für immer in mein Gedächtnis brennen sollte, und vor allem eine Mail, ohne welche dieses Buch niemals entstanden wäre. Ich saß nun also nichtsahnend da, flüchtige Gedanken an die Pläne für den Sommer und neue Projekte im Kopf, eine gewisse Unschuld den Abgründen des menschlichen Handelns gegenüber. Aber all das verschwand relativ schnell, als ich die Mail öffnete ...

Die Mail

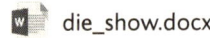 die_show.docx   158 KB

Sehr geehrter Herr Wintels,

am 31.05. waren ein paar Freundinnen und ich bei Ihrer Show im Kulturzentrum Faust in Hannover. Ich persönlich hatte vor, einen schönen Abend zu genießen, der es offensichtlich auch war, bis Sie erwähnten, dass alles, was wir hören würden, klausurrelevant sei. Ich muss wohl vor lauter Uni-Stress vergessen haben, mich für diese Klausur anzumelden! Zum Glück hatte ich meinen Laptop dabei und konnte dank Ihres Hinweises die komplette Show protokollieren, so gut es eben ging (die Aufzeichnungen befinden sich im Anhang dieser Mail). Nach der Show habe ich zuhause im ganzen Stud.IP nach der Klausur gesucht, um mich noch rechtzeitig anzumelden, konnte aber keinen Hinweis darauf finden. Sicherlich habe ich irgendetwas falsch gemacht. Vielleicht können Sie mir daher noch ein paar Informationen bzgl. der Klausur geben, also wann sie stattfindet und in welchem Modul ich sie mir anrechnen lassen kann.

Mit freundlichen Grüßen,

Stefanie Müller

Die Show [1, 2]

(Ansage)

Einen wunderschönen guten Abend, Hannover! Danke, Dankeschön. Bitte beruhigt euch, es geht doch gerade erst los. Danke. Ja, schön, dass ich da bin. Meine Name ist Flori, ich bin heute Abend für euch zuständig im Bereich Entertainment. Kurz zum Ablauf des heutigen Abends: Die Show dauert zwischen zwei und acht Stunden, je nachdem, ob ich einschlafe oder nicht. Eine Pause machen wir in Abhängigkeit davon, ob ich der Gastronomie ihre Einnahmen gönne. Bei Fragen einfach melden, ich nehme aber natürlich niemanden dran. An dieser Stelle möchte ich mich schon einmal bedanken, dass so viele hier erschienen sind. Das ist nicht selbstverständlich. In meiner Heimatstadt hatte ich mal eine Show, bei der es lange so aussah, dass nur neun Leute kommen würden. Meiner Künstlerseele wollte ich das aber nicht zumuten, vor einer einstelligen Besucher*innenzahl aufzutreten, und was soll ich sagen? Am Ende waren es tatsächlich zehn. Der Trick war, dass ich mich einfach dazugezählt habe. Aber heu-

....
1 Circa 100 Gäste haben sich im Kulturzentrum eingefunden. Das Licht erlischt, ein paar Leute applaudieren. Eine Stimme aus dem OFF kündigt an: »Alles, was Sie nun hören, ist klausurrelevant!«
2 Der Künstler betritt die Bühne.

te sind es glücklicherweise ein paar mehr und ich möchte euch ganz herzlich begrüßen zu meiner Show!

Und ich weiß noch ganz genau, wie ich meinen Eltern zum ersten Mal berichten durfte, dass ich jetzt eine eigene Soloshow hätte. Die schauten mich mit strahlenden und leicht angefeuchteten Augen an und fragten: »Was ist das?«

Sobald ich ihnen dann erzählte, dass ich einen ganzen Abend allein auf der Bühne stünde, kippte leider die Stimmung. »Also wir Wintels sind seit jeher bekannt als eine Familie von Teamplayern, seit Jahrhunderten unterstützen wir uns gegenseitig und jetzt kommt der feine Herr und zieht hier sein Soloding durch. Geh bitte raus, Flori. Sofort.«

Ich durfte dann den restlichen Abend und die Nacht draußen verbringen, aber ansonsten war es ein sehr schönes Weihnachtsfest. Die damalige Zeit war insgesamt auch eine schwierige. Ich hatte mein Abitur hinter mich gebracht und ich tat mit großer Hingabe das, was alle vernünftigen Menschen tun, die nicht mit wedelndem Abschlusszeugnis in der Hand bereits einen Flieger ans andere Ende der Welt besteigen – nämlich nichts. Ich lag viel rum und hin und wieder duschte ich. Ich war mir zu der Zeit nicht sicher, ob meine Eltern meine damalige Auffassung vom Leben in Gänze teilten, aber es gab Anzeichen, dass nicht. So wurde ich nicht selten am späten Nachmittag geweckt, als mein Vater mir mit dem Staubsaugerrohr immer wieder mit ohrenbedeutendem Lärm gegen die Stirn kloppte. Am Frühstückstisch, der für den Rest der Familie das Abendbrot bedeutete, sah ich dann meine Mutter die Zeitung lesen und unmissverständlich Dinge markieren. Zunächst kreiste sie mit einem dicken Edding die Jobanzeigen ein, später die Wohnungsanzeigen und als sie irgendwann zitternd dicke Kreise um die Todesanzeigen kritzelte, wusste ich, dass meine Zeit gekommen war. Ich musste was tun und ich machte mich auf, die Bühnen dieser Welt zu erobern.

Und ihr fragt euch jetzt vielleicht, was kann uns denn ein junger, gutaussehender, intelligenter, sportlicher, charismatischer, faszinierender, humorvoller und bescheidener junger Mann bloß erzählen? Ich weiß es nicht, einen solchen Mann kenne ich nicht, aber ich kann euch gerne erzählen, womit ich euch heute Abend zu unterhalten gedenke. Mit Gedichten.

Da sich eure Euphorie offenbar in recht überschaubaren Grenzen hält, lasst mich mit ein paar Vorurteilen der Poesie gegenüber aufräumen. Erstaunlich viele Menschen denken: »Gedichte? Ist das nicht das, was ich in der Schule früher so scheiße fand?«

Und ganz genau das ist das Problem. Denn nicht das Gedicht hat dir damals den Deutschunterricht zerstört, sondern seine Analyse. Man musste es an allen Versecken und -enden auseinanderschrauben, hat es seziert und interpretiert, bis es schließlich nur noch ein Haufen Buchstabenasche war, der doch bloß gefallen wollte, und es letztlich niemandem mehr tat. Aber wenn ihr euch zurückerinnert, gab es doch ganz in diesem kleinen Zeitfenster zwischen dem ersten Lesen und der rhetorischen Hinrichtung ganz wunderbare Bilder in euren Köpfen. Erinnert ihr euch noch an Fontanes »John Maynard«?

Die Schwalbe fliegt über den Erie-See,
Gischt schäumt um den Bug wie Flocken von Schnee;
Von Detroit fliegt sie nach Buffalo,
Die Herzen aber sind frei und froh.

Merkt ihr das? Fühlt ihr nicht auch die Gischt in euren Faces? Und sicher könnt ihr mir, dank Goethe, auch folgende Frage beantworten:

Wer reitet so spät durch Nacht und Wind?

Es ist natürlich der Vater und der macht das nicht alleine. Übrigens war es meiner Meinung nach auch Fontane, der den Grundstein für Doubletime gelegt hatte. Wer sich den guten Herrn von Ribbeck mal in etwas höherer Geschwindigkeit durchliest, der merkt schnell, dass sich hier womöglich die ein oder andere Sprechsängerin etwas abschaute:

Herr von Ribbeck auf Ribbeck im Havelland,
Ein Birnbaum in seinem Garten stand,
Und kam die goldene Herbstezeit
Und die Birnen leuchteten weit und breit ...

Das sind doch ganz fantastische Geschichten, die da in Versform gegossen wurden und nur darauf warten, von uns erlebt zu werden. Das hat mich schon damals fasziniert. Vielleicht lag es daran, dass es das Einzige war, was ich in der Schule wirklich konnte, aber ich beschloss sodann, Dichter zu werden. Auch ich wollte große Geschichten schreiben, mit Reimen und Worten spielen und die Menschen damit begeistern und/oder wahnsinnig machen.

Ich tat eine letzte Analyse, um das große Geheimnis zu lüften, was die großen Werke der Geschichte gemeinsam hatten. Relativ schnell fand ich es heraus: Probleme. Es ging immer um Probleme. John Maynard? Schweres Schiffsunglück. Der Erlkönig? Schweres Pferdeunglück. Herr von Ribbeck? War ein gruseliger alter Mann, der wollte, dass die Kinder an seine Birnen gehen.

Nun war ich aber ein wohlbehütet aufgewachsener Junge vom Land und kannte Probleme bis dato nur aus dem Internet. Ich musste also aktiv werden, meine Situation radikal verschlechtern und mir meine eigenen Probleme konstruieren. Ich zog also nach Paderborn. Ein Ort, an dem auch das erste Gedicht des heutigen Abends spielen soll, welchem ich eine kleine Frage vorwegstellen mag:

Sind hier heute Abend Versager*innen anwesend? Falls ja, ist dieser Text für euch.

Der Versager

Im Quellgebiet der Pader stand ein graues Zelt,
mahnend still und einsam in der ach so lauten Welt.
Feucht und kalt und duftend wie die Falten alter Sofas,
traurig und gemieden, kaum von wachem Geist bewohnbar.

Aus dem Zelt ragte ein Fuß, mit Nägeln, dick und schwarz,
an welchen alles schon versucht, aber jeder Knipser barst.
Darüb' eine Hose verschliss und unter
dem Gürtel mit Spuren von Bissen von Hunden;

vorne ohne Knopf,
dafür krustend' Dreck und Schweißgeruch,
die Hosentasche leer
und etwas Vorhaut klemmt im Reißverschluss.

Der Bauch darüber pelzig,
samt Vogelnest im Nabel,
der Herrenbusen hängend
und mit Knoten in den Haaren.

Ein Teint wie ein Schlachtfeld, rasierergeschändet,
die Pickel bereits clerasilresistent.
Ein Mann, gescheitert, dass jedem hier klar,
dort vorne im Zelte, da liegt: der Versager!

Geboren als Kind, das siebte von sechsen,
wurde er stets statt geliebt nur vergessen.
Die Eltern versagten dem Buben das Wissen,
vergaßen, ihn auf eine Schule zu schicken.

Pech in der Liebe und Unglück im Spiel,
auch galt er als verdummt im Dorfe,
denn er hatte tatsächlich beim Kniffeln
mal ne Null geworfen.

Versuchte es mit Sport, um dort als einsamer Recke
beim Springen vom Sprungturm die Freiheit zu schmecken.
Und sprang aus zehn Metern, schien endlich befreit,
und er flog, doch flog leider am Becken vorbei.

Seine Meinung war den Leuten kaum mal gar nichts wert,
denn er setzte beim Hunderennen auf das falsche Pferd.
Er hatte zwei rechte Hände, doch war Linkshänder,
jeder Gedanke, den er dachte, war ein Blindgänger.

Und als an jedem Versuch, das zu ändern, gescheitert,
da wollte er all dem ein Ende bereiten.

Doch selbst das bekam der Knilch nicht hin,
konnt' stets über den Tag sich retten,
schluckte eine ganze Packung Tic Tacs
anstatt Schlaftabletten.

Am Bahnhof tat er den nächsten, gar blinden Versuch
und er warf sich aufs Gleis, aber hinter den Zug.

Und ein Kind kam, besah sich ihn, wie er dort lag,
verwundet, verachtet und dreckig,
ließ die Eistüte fallen vor Schreck,
zeigte auf ihn und lachte sich scheckig.

Und es lachte so froh über Schaden und Freude,
dass er plötzlich alles vergaß,
er erhob sich vom Boden und langsam,
da keimte in ihm, welche Macht er besaß.

Sein Leiden war anderen Freude,
nun hatte sein mieses Leben den Grund,
er blies sich den Schlick aus der Nase,
nahm den Spieß und drehte ihn um.

Von nun an lief er gegen Straßenschilder,
Tischbeine und Litfaßsäulen,
jedem, dessen Weg er kreuzte, lag er zu Füßen,
er lachte und scheiterte,
machte so weiter, um all diesen Menschen
den Tag zu versüßen.

Er flog in den Urlaub in Dürregegenden,
stetig begleitet von Stürmen und Regen,
dass Felder, vertrocknet,
schon bald in voller Wonn gedieh'n,
und während er erkältet lag,
bei ihm zu Haus die Sonne schien.

Er kandidierte für die AfD als Kanzlerasprirant,
jobbte für die Bundeswehr als Panzerlieferant,
versagt zum Wohle des Volkes in jedem freien Stündchen
und wettete jedes Spiel auf den FC Bayern München.

Er war wie Jesus, nur in scheiße,
ein Lächeln war ihm Lohn genug,
doch die Schulden, sie wuchsen,
man ließ nach ihm suchen
und es drohte Vollzug.

Den Gerichtsprozess verlor er,
wie nicht anders zu erwarten,
und man nahm ihm alles, trotz all der guten Taten.
Seine Bleibe, die Kleidung, man ließ ihm den Schmerz,
und als das Urteil gesprochen, versagte sein Herz.

Er erwachte im Park, es stank und war hässlich,
doch war das jetzt alles, denn alles war weg, bis
er sich aus dem Zelt begab, sich die trübe Welt besah
und all die vielen Leute freute, dass er überwältigt war.

Jedes Schmunzeln, das er säte,
kam nun hundertfach zurück
als Menschen mit Geschenken,
die ihm dankten für ihr Glück,
um sich ihm, ob was er tat, belohnend zu zeigen,
und heut nennt er ne kleine Wohnung sein Eigen.

Zwar fehlen ihm Wasser und Strom,
trotzdem hatte sich alles gelohnt.

Und wenn es euch einmal schlecht geht
und ihr wisst nicht so recht
eures Weges und was nun zu machen?
Macht einfach was richtig, richtig Dummes ...[3]
Und vielleicht bringt ihr ja Menschen zum Lachen.

....

[3] Der Künstler schlägt seine Stirn lautstark auf das Mikrofon, ein paar
Gäste lachen.

Bei meinen Shows ist es mir ein großes Anliegen, dass das Publikum nicht beunruhigend schlechter gelaunt den Raum verlässt, als es ihn betreten hat. Darum möchte ich euch mit jedem Text zumindest etwas mitgeben, an dem ihr euch ein bisschen erfreuen könnt. Leider ist das beim eben gehörten Text mit einer kleinen Hausaufgabe verbunden, die ihr aber erst dann machen müsst, wenn ihr sie für nötig erachtet.

Bei der Hausaufgabe geht es darum, dass ihr einmal über eure negativste Eigenschaft nachdenkt und versucht, dieser etwas Positives abzugewinnen. Das kann manchmal Wunder bewirken und ich möchte euch ein kleines Beispiel nennen:

Ich hatte damals in der Schule einen Mitschüler, der war sehr beliebt und freundlich und genoss großes Ansehen in unseren Herzen und auch denen der Lehrer. Das war eine verwirrende und äußerst seltene Kombination! Trotzdem plagte diesen jungen Mann ein Leid, welches wahrscheinlich den meisten Menschen relativ unwichtig erscheint: Er war sehr unsportlich. Das lag nicht an mangelnder Kondition oder Einsatzbereitschaft. Man konnte ihn in den verschiedensten Sportarten aufstellen und wusste, dass er stets alles gab. Der Grund dafür, dass man es nicht tat, war, dass er überhaupt nicht fangen konnte. Er konnte einfach nicht fangen. Das äußerte sich nicht nur im Sportunterricht. Was auch immer man ihm zuwarf, es fand zuverlässig den Weg nach weiter unten, als ursprünglich geplant. Egal, ob Stifte, Snacks oder Mitschüler. Vor allem letztere wollten nach einiger Zeit nicht mehr geworfen werden, was sehr schade war, da ich sehr gerne Mitschüler durch die Gegend warf.

Unser damaliger Sportlehrer hatte stets alle Hände voll damit zu tun, ihm Aufgaben zuzuweisen, um ihn nicht durchfallen lassen zu müssen. So war er oft beim Völker- ball die Mittellinie, beim Handball der Pfosten und beim Speerwerfen der Speer. Letzteres geschah auf meinen Hinweis hin, da ich endlich mal wieder einen Mitschüler werfen wollte. Das ging lange gut, aber irgendwann muss ihm aufgefallen sein, just nachdem er meine starken Hän- de zu einer Reise durch die Lüfte verließ, dass er mit der Gesamtsituation doch relativ unzufrieden war, und ob- wohl er nicht fangen konnte, fing er an, Trübsal zu blasen. Weil er aber einen tiefen Platz in unser aller Herzen hatte, zerbrach es uns eben jene. Ich beschloss, ihn mit einem Besuch in einer Diskothek zu überraschen.

Mit den Ausweisen unserer Großeltern bewaffnet zo- gen wir los, auf unseren Fahrrädern vorbei an den Häu- sern der Stadt, dann an den Türstehern, die nicht ver- wundert waren, dass eine große Gruppe wie 16-Jährige aussehender 70-Jähriger an ihnen vorbeistürmte, und auch an all den Sorgen, die wir spätestens im Kassenbe- reich hinter uns ließen. Da ich aber ein kleines Partyani- mal bin, kam es nach kurzer Zeit zu einer brenzligen Si- tuation. Meinen Tanzstil könnte man als unachtsam und ausschweifend bezeichnen und so begab es sich, dass ich versehentlich einem sehr großen und sehr muskulösen Ty- pen mit meiner Ferse ins Auge trat. Plötzlich stand er vor mir. Er war so groß, dass ich so weit nach oben blicken musste, dass mich die Sonne blendete, obwohl es nachts war und wir uns in einem geschlossenen Raum befanden. Dem Ausdruck nach, den ich auf seinem weit entfernten Gesicht erahnen konnte, war er gewillt, mir das Atmen ab- zugewöhnen.

Gerade als mein kurzes Leben an mir vorüberglitt, stand plötzlich unser unsportlicher Freund zwischen mir und meinem Henker. Kurz war ich erleichtert, dann je- doch dachte ich daran, dass der Tod nicht das war, was ihn heute ereilen sollte. Doch er stand vor mir, mit geschwellter Brust nach oben blickend, und sagte: »Du kommst nicht vorbei!«

Sein gewaltiges Gegenüber breitete seine brennenden Schwingen aus und sagte: »Verzieh dich lieber, sonst fängst du dir gleich eine!«

Aber das tat er nicht und darum ist es wichtig, den negativsten Eigenschaften etwas Positives abzugewinnen. Ich hab das auch mal gemacht, also über meine negativste Eigenschaft nachgedacht, und ich hab lange drüber nachgegrübelt, durch alte Zeugnisse und Fotoalben geblättert, empirische Befragungen mit allen Menschen durchgeführt, denen ich jemals begegnet bin, und kam dann letztendlich zu dem Schluss, dass ich, unter Umständen und möglicherweise, ein kleines bisschen zu gut aussehe. Damit muss ich dann einfach klarkommen.

Aber genug von den schönen Dingen. Ich bin dann also nach der Schule nach Paderborn gezogen. Das war sehr aufregend, weil Paderborn die erste Großstadt war, in der ich leben sollte, und es gab wirklich alles, was eine richtige Großstadt ausmacht. Es gab Straßen, einen Rewe – einfach alles. Bei vielen Menschen sitzt das Vorurteil tief in ihren Brains, dass Paderborn sehr hässlich sei. Das stimmt jetzt nicht grundsätzlich nicht, aber es gibt größere Probleme. In dieser Stadt leben fast 150.000 Menschen und knapp 20.000 von ihnen studieren dort und trotzdem verhält es sich in Paderborn die meiste Zeit im Jahr wie mit sehr gut befestigten Dingen: Es geht nichts ab.

Das war für mich nie ein großes Problem, da ich viel Zeit hatte, meinen Hobbies nachzugehen. Ich gehe gern essen und Gold und auch für eine wilde Bummelsause bin ich immer zu haben. Spaßeshalber hab ich das Ganze dann einmal finanziell durchgerechnet und als ich aufgehört habe, zu weinen, stellte ich fest: ES GEHT!

Nur leider so nicht weiter und dann hab ich mich hingesetzt und mich einer sowie mir eine Frage gestellt. Diese

Frage ist gleichzeitig zum Titel des nun folgenden Gedichtes geworden und lautet:

Was kostet Geld?

100 €

kostet hungrigen Touris am eigenen Eiswagen
einhundert Kugeln verkaufen,
kostet einen Abend ertragen, wie Studenten
Bier wie aus Schubkarren saufen,

kostet fünfzigmal dem Single helfen, dass dieser ein
Leben mit Traumfrau verbringt,
und an dreißig Türen zu klingeln und nerven, bis
eine den Staubsauger nimmt.

Man merke: 100 € sind gar nicht mal so günstig,
doch was kostet dann wohl:

8,50 €?

Kostet eine Stunde lang Fenster von Villen von
Scheiße von Vögeln befreien,
kostet eine Stunde lang Haare zu machen,
zu schneiden, zu föhnen, zu stylen,

kostet eine Stunde lang Bettlaken waschen,
die tierisch nach Hundefurz stinken,
und eine Stunde am Hotelpool Gäste zu bitten,
dass sie nicht ertrinken.

Ja, auch Mindestlohn ist nicht so billig,
doch 8 Cent sind bestimmt chillig!

8 Cent

kosten einen Winzer
einen Tropfen Qualitätswein,
kostet ein Wimpernschlag
von einem Wimpernschlag Bill Gates sein,

kosteten Salvador Dalís
feinen Pinsel keine Linie,
kostet einen Mikrometer
Insel zu vermieten;

8 Cent kostet, wenn man sich jetzt denkt,
die seien nicht viel wert,
rund eine 14.000tel Sekunde
Taylor-Swift-Konzert.

Doch manch eine schafft's tatsächlich nicht,
solch einen Traum zu leben,
und sie kostet 8 Cent,
eine leere Flasche aufzuheben,

kostet einmal sich bücken
und einmal erniedrigen,
unter den Blicken
von quasi Beliebigen,

diesen dann wieder als
Zielscheibe dienen,
zufriedene Mienen,
ob wie sie verdienen.

Das kostet einmal Stehen und Greifen,
Greifen und Stehen,
Verstehen und Begreifen,
aber keiner versteht's.

Ein Modern-Talking-Ticket kostete 100 Mark.
Einmal den gelben Sack von den Nachbarn mitnehmen,
ist umsonst.
Das sind zwei völlig unterschiedliche Preise
für Müll.

Und doch kostet, seine Meinung zu sagen,
manchmal den eigenen Kragen,
obwohl doch ein Wort, das gehört wird, schon reicht,
wenn einen mal die Zweifel plagen.

Dabei stünde doch stets frei, zu fragen,
anstatt nur all die Zeit zu warten,
»Ich will das so nicht, das muss weg,
ich mag nicht länger diesen Scheiß ertragen!«

Und doch kostet ein »Ich fühl mich nicht mehr wohl«
manchmal den Partner,
ein »Ich kann nicht mehr« den Sieg,
egal, wie hammer der Start war.

Ein »Der Chef ist ein Arsch« kostet einen den Job,
ein »Morgen fang ich an« kostet Zeit und doch
sind die Konsequenzen ganz vernünftig
und im Vergleich zu anderen Welten quasi günstig.

Denn da kostet »Ich hab's genommen«
die Hand verlieren,
ein »Ich will das nicht«
den Rücken an der Wand riskieren.

Und falls man wüsste, wie es besser würde,
sagt man nichts,
die Lösung mag so logisch sein,
doch angesichts

von dem, was darauf folgt
in dieser grauen Welt,
ist es leichter, wenn man einfach nur
die Schnauze hält.

Weil, obwohl es mehr als schmerzt,
es keinem zu erzählen,
erträgt man all den Druck,
all das Leid und all das Quälen,
weil, obwohl es in einem gleichzeitig schwelt und rostet,
schweigt man, weil es einen sonst das Leben kostet.

Denn Leben kostet, ja,
Leben kostet 1.000 €,

wenn man in München wohnt,
in einer 1-Zimmer-Wohnung,
zwischen zwei U-Bahn Strecken,
auf 3 qm,
mit vier Mitbewohnern,
es gibt zwar keine Toilette,
aber dafür stinkt es trotzdem nach Scheiße.
Und wenn man ganz leise ist, muss man Bayern-Fans sich
über eine Meisterschaft freuen hören.

Ja, das Leben kostet,
denn Leben kostet 1.000 €,
wenn man in Paderborn wohnt,
auf einem Schloss, der Haken ist nur:
Paderborn.

Und doch soll es einmal eine gegeben haben, die einen
kannte, der in Paderborn gelächelt haben soll. Der glücklich war.
Und dann ist es keine Frage des Preises mehr, sondern des
Wertes und wie man ihn schätzt.
Und doch ist sie insgesamt sehr kompliziert, die Rech-
nung, die man mit dem Leben macht.

Da stehen die Kosten und Nutzen,
die oft bloß verdutzen,
weil man das, was einen schlaucht,
im Endeffekt oft gar nicht braucht.

Es gibt Variablen wie Spaß und Faulheit,
Liebe und natürlich auch Zeit.
Und unterm Strich kann das alles sein.
Kannst du alles sein.

Also werde Astronautin,
werde reich trotz deiner Höhenangst,
hol dir deinen Lohn im Zoo,
weil du so gut mit Flöhen kannst,

werde einfach Slam-Poet
und krieg Geld für dummes Gelaber
oder werde zufrieden, irgendwie, denn
das ist unbezahlbar.

(Ansage)

Also hier geht es vor allem darum, dass Geld nicht das Wichtigste ist. Das Problem dabei ist, dass Geld zurzeit das Wichtigste ist. Ich finde, es gibt Dinge, bei denen man sich wirklich überlegen sollte, ob man sie braucht.

Was bringt dir zum Beispiel ein Auto mit 800 PS in einer Spielstraße? Ich habe Berechnungen angestellt und kam zu dem Schluss, dass für eine Spielstraße 300 PS vollkommen ausreichend sind. Bei kleineren Motoren ist es dann häufig schwierig, die vorgegebene Schrittgeschwindigkeit dauerhaft zu halten. Natürlich finde ich es in Ordnung, wenn man sich für hart erarbeitetes Geld hin und wieder einen Luxus gönnt, und dann gibt es halt auch mal Mayonnaise UND Ketchup auf die Pommes. Aber spätestens in dem Moment, in dem man mehr Geld hat, als man jemals ausgeben könnte, würde ich mir Gedanken machen, ob man das nicht vielleicht anderweitig verteilen könnte. An mich zu Beispiel.

Ab einer bestimmten Summe kann man auch nicht mehr davon sprechen, dass man es sich »hart erarbeitet« habe. Unter anderem die, die das behaupten, beschweren sich dann darüber, dass man ein bedingungsloses Grundeinkommen fordert, durch das viele Menschen, vor allem selbstständige, statt einer Arbeit nachzugehen, die sie nur tun, um zu überleben und die sie sehr unglücklich macht, lieber das tun könnten, was sie erfüllt. Das Problem besteht nämlich immer in der finanziellen Unsicherheit. Es könnte beispielsweise eine weltweite Pandemie ausbrechen, welche die komplette Veranstaltungsbranche lahmlegt und Tausende ohne Einkommen dastehen lässt. Natürlich kann ich mir das im Jahre 2019 nicht vorstellen, aber vielleicht könnte ja in weit entfernter Zukunft so etwas passieren. Aber ich stehe ja auch nicht ausschließlich zum Spaß auf der Bühne, sondern um mein Geld zu verdienen.

Allerdings ist das nicht der Hauptgrund, aus dem ich das tue. Der eigentliche Grund, aus dem ich auf Bühnen gehe und die Leute zu unterhalten versuche, ist, dass ich zu kompensieren versuche, dass ich aussehe wie fünf. Mein Körper ist zu einem stattlichen Klumpen herangewachsen, mein Gesicht allerdings hat sich bereits im frühen Grundschulalter dazu entschieden, seine endgültige Form erreicht zu haben. Dabei ist es so, dass ich zwar augenscheinlich nicht so aussehe, mittlerweile aber schon in einem gewissen Alter bin, in dem ich mir Gedanken machen muss. Wie wird das wohl sein, Großvater zu werden?

Und als frecher Opi ist es natürlich important, für seine Kids immer ein paar fetzige Stories am Stizzle zu haven, und aus diesem Grund hab ich mich dann einfach mal hingesetzt und ein kleines Gute-Nacht-Märchen verfasst. Ein solches, welches den heranwachsenden Geschöpfen der übernächsten Generation auch ein paar Gedanken aus der heutigen, dann jedoch lange vergangenen Zeit, gute Ratschläge, allerdings auch Warnung mitgeben soll.

An dieser Stelle möchte ich gerne alle Anwesenden einladen, für die nächsten paar Minuten meine Testenkel*innen zu spielen. Darum kuschelt euch ein, macht es euch gemütlich und entwickelt euch genauso, wie ihr das für richtig erachtet. Also ihr Süßen, auf geht's ...

Ein Gute-Nacht-Märchen

Es war einmal ein Wald,
so groß und so alt,
ein Ende fast nicht zu erahnen.
Und er grünte und spross,
da Blüten wie Knospen
ausreichend Licht hier bekamen.

Birken stützten Eichen,
es gab wirklich nicht eine
Frage nach der Farbe der Rinde, nur Stolz
auf das was man war:
ein Wald,
von außen aus Liebe, von innen aus Holz.

Und doch war dort im endlos weiten,
schier von jedem Leid befreiten,
wundersamen, dichten, grünen Blätterdach,
zwischen Einigkeit, Zusammenhalt, und:
»Rück heran, mein Stamm wird kalt«
kollektiv im Lichterblühen etwas Platz.

Und auf mitten dieser Lichtung, die
die Sonn gar zu vernichten schien,
bar jeden Erbarmens oder Kummers,
lag ein Buschwindröschenjunges,
vertrocknet, verwelkt und TOT
in den Armen seiner Mutter.

Und diese schrie den Schmerz heraus,
so unverblümt und ehrlich laut,
dass es jede Pflanze auf der Welt vernahm.
Und bald kamen sie aus jeder Richtung
auf die nicht mehr lichte Lichtung,
um zu erfahren, was dort geschehen war.

»Mein Kinde ist gefallen,
das dufteste von allen,
hier wird es immer wärmer, bis bald alles verdorrt,
seht ihr die qualmenden Schornsteine
am Waldesrand dort?«
Einige sahen's sofort, dann kam die Tanne zu Wort:

»Auch ich bin voller Trauer,
denn man raubte mir die Frau,
als sie grad mir gewährte, ihr näherzukommen.
Und ZACK! Fünf Jahre später
haben glühweintrunkend Väter
sie mit Äxten und Sägen genommen.«

»Und mir«, rief da der Kaktus,
»mir nahm man meinen Spross,
kaum erblüht, entriss man mir den Enkel und den
stellten sie von Herz befreit,
ausgesetzt dem Schmerz und Leid,
in die Küche von einer Studenten-WG.

Und zwar kehrte er zurück,
doch war nichts wie zuvor,
so mied man ihn hier, weil er widerlich roch.
Er pöbelt' und belästigte,
ich kann's ihm nicht verdenken,
denn man hatte ihn drei Jahre mit Tequila gegossen.«

Rasch wurde es den Ersten klar,
dann allem, das versammelt war,
so hatte man sich, trotz manch Differenzen, vereint.
Und bald erklärte dann der alte, weise,
hohe Rat der Mammutbäume
allen Pflanzen auf der Welt den Menschen zum Feind.

Und da fletschte man die Löwenzähne,
spitzte man die Dornen,
alles bäumte sich auf, neben Linden und Pappeln
wurden Schwertlilien an die Jüngsten verteilt
und Tulpen begannen, Hyazinthen zu satteln.

Osterglocken läuteten zur Menschen letzten Stunde sich,
Baumschulen durften heute früher aus dem Unterricht,
Kirschen, Buchen, Fichten, Feigen, wütende Zypressen –
alle sangen sie im Chor:
»JETZT GIBT'S ÜBELST AUF DIE FRESSE!!!«

Und sie zerrten und zogen
sich erst aus dem Boden
und dann wie ein Sturm übers Land und
jede Frau, jeder Mann und jedes Kind
und jeder Zahnarzt bekam dann
eine Wurzelbehandlung.

Im Blättertanz vom Blut berauscht,
glühte die Natur schier auf,
teilte keine Gnade, nein, sie teilte lieber Schmerzen aus.
Selbst da, wo der Pfeffer wächst,
wurde alles weggeflext,
und sogar der derbste Lauch
schlug mit aller Härte drauf.

Der Klatschmohn applaudierte,
die Weide peitschte.
Nur die Gänseblümchen tanzten
IN EINGEWEIDEN.

Überall pflasterten Tote die Wege,
zu Tode getreten
durch Photosynthese.

Und kurz nach Buschwindrosens Schrei,
war der Spuk auch schon vorbei,
als milde ein Hauch über die Rinden wehte.
Kein Qualm stieg mehr empor,
kein Auto fuhr, nur sah man dort,
wie einsam sich am Horizont ein Windrad drehte.

Und eine Böe nach der andren
nahm den Schmutz und der Gestank
all der Verstorbenen begann dann,
nach und nach rasch nachzulassen.
Und bevor sich einer frug,
ob das, was man getan, so klug,
war über alles, über alle
schon längst Gras gewachsen.

So war das Glück nun steter Gast
im grünen Land der Freude.
Und wenn sie nicht gestorben sind,
dann blühen sie noch heute ...

Und nun schlaf, mein liebes Kind,
hab keine Angst vor Hirngespinsten
knorriger und widerlicher Wesen im Dunkeln.
Denn das war bloß ein Gedicht,
den Klimawandel gibt es nicht,
der Klimawandel wurde von Chinesen erfunden.

Darum nimm dir bitte, zweifle nicht,
auch wenn es nicht deines ist,
nimm so viel du willst, es ist mir wahnsinnig egal.
Denn wenn die Welt mal untergeht,
weil sie zu viele Wunden trägt,
dann bin ich schon lange nicht mehr da.

Gute Nacht.

(Ansage)

Ich hab euren ekstatischen Applaus dazu genutzt, mich ein wenig umzudekorieren. Ich sehe bereits in das ein oder andere Gesicht, das sich fragt, was ich mir gerade für eine unförmige und wuchtige Halskette umgehängt habe. Tatsächlich handelt es sich dabei nicht um Schmuck, sondern um eine Gitarre. Die ist allerdings auch relativ schmuck.

Ich habe lange drüber nachgedacht, ob ich dafür bereit wäre, allerdings war mir auch bewusst, dass es keinen anderen und vor allem leichteren Weg geben würde. Mit meinen Gedichten verhielt es sich häufig so, wie mit Anrufen im E-Plus Netz – ich konnte niemanden erreichen.

Mir wurde klar, dass ich die Musik als alles und alle berührendes Medium nutzen könnte, um den Leuten meine sehr guten Gedanken aufzuzwingen. Allerdings bedeutete das auch einen steinigen Weg, denn ich hatte gehört, dass vielen Menschen, die mit dem Gitarrespielen begannen, teilweise ein bisschen die Finger wehtun konnten.

Um mich auf diese Schmerzen vorzubereiten, packte ich meine sieben Sachen und verbrachte ein paar Wochen in einem Wald, um mich zu erfahren. In dieser besinnlichen Zeit freundete ich mich mit einer verwunschenen Eiche an, die mir eröffnete, dass sie mir etwas schenken wolle. Sie wollte sich einen Ast in der Form einer Gitarre wachsen lassen und sie bedeutete mir, sieben Tage und sieben Nächte zu warten, bis sie damit fertig sei. Paradoxerweise war ich durch die lange Zeit im Wald sehr ungeduldig geworden und hatte wirklich überhaupt keinen Bock, so lange zu warten.

Zu meinem Glück waren unter den sieben Sachen, die ich zu Beginn meiner Reise schulterte, vier Äxte. Ich knüppelte der alten Eiche also den Stamm von den Wurzeln und mit Hilfe meines Hobels, den ich auch dabeihatte, bastelte ich mir eine sehr gute Gitarre. Ihren letzten Atem aushauchend belegte mich die sterbende Eiche aber noch mit einem Fluch. So sollte jedes Lied, welches ich mit ihrem Holz jemals schreiben würde, aus maximal vier Akkorden bestehen und jeder weitere würde klingen, als kackte ein Zebra in ein Fagott.

Kurz war ich erschrocken, aber dann dachte ich mir, dass viele der großen Hits ja auch aus lediglich vier Akkorden bestanden, und war etwas erleichtert. Dann fiel mir auf, dass ich durch die recht schwammige Formulierung des Fluches einfach auf jedem anderen Instrument Lieder mit mehr als vier Akkorden würde schreiben können. Da lachte ich laut auf und tanzte um die dumme brennende Eiche.

Ein Instrument hatte ich jetzt schon, nun brauchte ich eine Lehrmeisterin. Just in diesem Moment drang mir der liebliche Klang gezupfter Saiten an mein Ohr. Ich folgte ihm und sah auf einer Lichtung eine krass abrockende Gestalt. Sie rockte so krass ab, dass es schon echt heftig war. Ich trat an sie heran und fragte, wer sie sei. Sie hielt inne, wandte sich mir zu und sagte: »Ich bin der stumme Mönch.«

Von da an lehrte mich der stumme Mönch das Gitarrenspiel und sagte immer wieder: »Du wirst niemals das Gitarrenspiel erlernen.«

Aber ich gab nicht auf, vergoss Blut, Schweiß, Tränen und den sehr guten Schnaps, den der Mönch in seiner Höhle brannte. Nach sieben Wochen und sieben Nächten war meine Ausbildung abgeschlossen, ich schenkte dem stummen Mönch 30 € und ging meiner Wege. Als ich den Wald verließ, duschte ich mich kurz, schrieb ein paar sehr gute Lieder und nahm dann den Zug nach Hannover, um meine Soloshow zu spielen.

Ihr dachtet wahrscheinlich, dass diese Geschichte weit zurückliegt, aber plötzlich seid ihr Teil davon. Und genau aus diesem Grund ist der Preis von 20 € an der Abendkasse auch nicht zu hoch.

Aber genug geredet, ich würde euch gerne eines meiner neuen Lieder präsentieren. Ich habe lange beim Duschen überlegt, welches Thema ich würde ansprechen, beziehungsweise ansingen wollen, wenn ich endlich die Leute würde erreichen können. Ohne große Umwege möchte ich daher mit euch den Sinn des Lebens teilen. Ich kenne den nämlich, weil ich sehr schlau bin. Darum nun auch das Lied »Worum es geht« oder auch »Fernseher«.

Fernseher

```
E                    G#              C#m
Das hast du dir alles anders vorgestellt:
            A7
Mit 30 zu Hause noch wohnhaft,
E      G#                 C#m
jetzt teilst du dir ein Doppelbett
              A7
gemeinsam mit deiner Oma.
E                        G#
Bist Hausmeister einer KiK-Filiale,
C#m               A7
hast nie jemanden geküsst, die Tage
E            G#
werden immer länger
         C#m             A7
und immer mehr.
E                        G#            C#m
Warst nie auch nur relativ beliebt,
              A7
hast nicht mal Facebookfreunde,
E          G#                    C#m
nie hat sich wer in dich verliebt,
                        A7
hast du zumindest nicht bemerkt, und heute
```

```
E                    G#                        C#m
willst du hier weg, vielleicht in ein anderes Land,
                           A7                   E
doch hast die Welt satt, so keinen klaren Verstand.
                       G#      C#m
Doch du weißt nicht, wohin,
                       A7
und du weißt nicht, warum,


                              E              G#
denn immer wenn der Fernseher läuft,
     C#m                 A7
vergisst du all das, was ist,
                              E              G#
weil immer wenn der Fernseher läuft,
     C#m          C#m
du nicht alleine bist.
                         E               G#
Und immer wenn der Fernseher lalala-läuft,
     C#m          A7
ist alles wie immer.
        E        G#                  C#m          A7
Aber immerhin wird es nicht schlimmer.


              E                                        G#
Du stehst auf »Wetten, dass …?«, »Wer wird Millionär?«
und »Bonanza«,
     C#m                      A7
sogar Markus Lanz ist entfernt verwandt, kannst
     E                   G#
dich mit Sexy-Sport-Clips-Strips belohnen
              C#m                          A7
und nur die Supernanny hat dich damals richtig erzogen.
```

```
        E                       G#
Du denkst bei Augsburg nur an Puppentheater,
          C#m                   A7
kriegst vom Sportschaugucken Muskelkater
     E                  G#              C#m        A7
und schlafen kannst du nur mit Domian.
               E                       G#
Denkst dir, Geld auszugeben, sei grundlos, und übrigens
C#m                             A7
brauchst du es doch für die Rundfunkgebühren.
      E              G#              C#m
Bist jede aktuelle Stunde zuhause
                        A7
und deine Traumfrau ist Gundula Gause.


                             E                G#
Denn immer wenn der Fernseher läuft,
      C#m                 A7
vergisst du all das, was ist,
                      E                 G#
weil immer wenn der Fernseher läuft,
      C#m           C#m
du nicht alleine bist.
                      E                 G#
Und immer wenn der Fernseher lalala-läuft,
      C#m         A7
ist alles wie immer.
      E         G#                  C#m          A7
Aber immerhin wird es nicht schlimmer.
```

(Solo)

           E
Doch immer wenn der Strom ausfällt,

dann sind die Gedanken frei.
         E
Immer wenn der Strom ausfällt,

weißt du, wird es langsam Zeit.
           E
Und immer wenn der Strom ausfällt,

ist alles wie immer,
    E
nur viel, viel, viel, viel schlimmer.

E   G#   C#m
Doch im Vox-SMS-Chat,
        A7
da hast du sie entdeckt,
E   G#   C#m
  sie ist zwar ein Mann,
        A7
aber der ist wirklich nett.
E   G#   C#m
  Und du warst mit ihm tanzen
        A7
und er tanzt so wunderbar.
E   G#   C#m
  Er macht dich endlich wieder glücklich
        A7
und darum geht es ja.

(Ansage)

Vielen Danke für euren lieben Applaus, der ist und ihr seid sehr lieb. Sind alle noch gut drauf?[4] Das freut mich! Aber ich gebe mir auch wirklich Mühe, das müsst ihr mir glauben. Selbst wenn ich euch nur lyrisch in wunderbare Welten entführe, muss man den Weg dahin auch erst einmal antreten. Und das sind ja teilweise wirklich unglaubliche Welten. So unglaublich, dass nach Auftritten immer wieder scharenweise Girls auf mich warten und mich fragen: »Herr Doktor Wintels, sagen Sie, haben all diese geschilderten Ereignisse wirklich stattgefunden? Haben Sie wirklich erlebt, von was sie uns berichten?« Dann winke ich immer so lässig ab, wie es mir nur möglich ist. Ich kann tatsächlich äußerst lässig abwinken. Einmal hab ich an einer Imbissbude so lässig abgewunken, dass ich eine »Pommes Spezial« umsonst bekam. Aber meine Antwort auf die Frage der Girls ist dann immer in all ihrer Ausführlichkeit: »Na Sichael!«

Und ich kann das sagen, weil es gibt in meiner Familie ein besonderes Gen, welches von Genration zu Generation weitervererbt wird und welches mich immer wieder solche Sachen erleben und im Anschluss davon erzählen und berichten lässt. Die Rede ist vom Lügen. Wir sind eine Familie ausgezeichneter Lügner. Würdet ihr meinen Vater fragen, würde dieser dies verneinen, allerdings könnte selbst der fortschrittlichste Detektor der Welt nicht eindeutig bestimmen, ob er in jener Sekunde nicht einen Kurztrip ins Flunkerland unternahm. Tatsächlich hat uns das Lügen bereits einige Türen und Möglichkeiten eröffnet.

So hatte mein Urururgroßvater vor vielen Jahren der Forschung das Rad neu erfunden, das hat er mir höchstpersönlich erzählt. Ich erzähle euch das, weil ich schon

4 Ein paar Leute sagen »Ja«.

einmal um Verzeihung bitten wollte, sollte ich im Laufe der nun folgenden Performance ein wenig zu tief in der Kiste der Unwahrheiten wühlen. Das tue ich allerdings nur, weil ihr das beste Publikum seid, welches jemals die tristen Stühle eines Kulturzentrums schmückte. Und weil ich euch so liebe und schätze, würde ich euch gerne einladen, bei meinem folgenden Text zu interagieren. Immer wenn ich folgende Geste[5] präsentiere, sollt ihr rufen: »Nein!«

Wollen wir das mal versuchen?[6]

Okay, wir bekommen das vielleicht trotzdem hin. Es handelt sich passenderweise um einen Text über Ehrlichkeit und er trägt den Titel:

....

5 Der Künstler fuchtelt wild mit den Armen.
6 Das Publikum sagt: »Nein.«

Der beste Text der Welt

Fürwahr ihr hörtet richtig,
ich hab ihn jetzt erstellt,
keinen guten, keinen besseren,
den besten Text der Welt.

Der ist so cremig, so geschmeidig,
so betörend echt, ihr stellt
es euch nicht vor,
aber hört am besten selbst.

Der Text beginnt mit einem Bild,
einer kleinen Idee,
einer Morgensonne, wolkenlos
und scheinend durch Schnee,

der tröpfelnd von der
Tannennadeln Grün wieder süß
mit wunderwarmen Wonnen
einen Frühling begrüßt.

Ja, dieser Text beginnt mit Heimat,
so persönlich und leicht,
doch zu noch größerem Teil
ist er nicht schön, sondern GEIL!

Es folgen seichte Vergleiche,
die, wie Fahradfahr'n mit Rückenwind,
nach Jahren das gewünschte Kind,
ja, einfach ziemlich glücklich sind.

Getragen von Metaphern,
die wie Säulen aus dem Steine ragen;
Träume und auch Reime tragen,
solche dicken Eier haben.

Die Rhetorik wusch sich
jüngst mit allen Wassern,
der Gipfel des Mount Everests
der Künste, nur noch krasser,

grammatikalisches Wunderwerk,
ein Menschentrubel bringend Gut,
das selbst ohne solch virtuose Wortwahl
super klingen tut!

Viele sind gescheitert daran,
ihn zu rezitieren,
das ist für Normalsterbliche
viel zu kompliziert,

denn einzig bin nur ich
mit meiner Macht als Interpret,
der den Vortrag des gesamten Textes
schafft und überlebt!

Und ich schmecke jeden Satz, jede Silb' wird befeuchtet,
man kann die stimulierten Sinne nicht leugnen,
schon formen sich zitternde Stimmen zu Keuchen,
doch bevor sich alle bespringen ...

Gibt es einen Twist
und die Stimmung, sie kippt,
alle grinsen verzückt,
man nimmt sich an die Hand
und sagt seiner Sitznachbarin: »Wahrlich,
wie schön, dass du da bist,
ich finde dich wirklich charmant!«

An dieser Stelle habe ich im Stück ein paar Zeilen Platz gelas-
sen, in denen ihr eurer Sitznachbarin oder eurem Sitznachbar
ein kleines Kompliment machen dürft.

Denn hier wird jeder Ton getroffen,
egal, ob hoch oder tief,
alles findet seinen Platz
und keine Note liegt schief,

alle lehnen sich zurück, lauschen froh der Sinfonie,
alle wissen,
sie hören etwas Großes. Für die

Germanisten ist das Werk
eine heilige Schrift.
Für alle Senioren
ein geschmeidiger Lift,

den Liebenden die Zärtlichkeit,
Getriebenen noch sehr viel Zeit,
für Zweifelnde am Ende nur
ein geiles Stück Literatur!

Das ist Poesie, nicht anders soll sie sein,
und ich frage nun, gefällt es euch?[7]

. . . .
7 Das Publikum sagt: »Nein.«

Ich meine, ihr habt das schon gerad' gehört?!
Und verstanden habt ihr's auch!
Denn von hier oben zumindest
seht ihr so dumm gar nicht aus!

Hab mein Herz vor euch auf die Stage gelegt,
hab so less wie nur possible Englisch geredet.
Hab die Witze gewitzt und verständlich gemacht,
damit ihr, statt zu jammern, auch endlich mal lacht!

Meine Frau hat mich verlassen,
als ich mühsam diese Zeilen schrieb!
Sie lebt bei meinem Vater,
mit dem sie in diesen Zeiten schlief.

Ich vergaß, den Hund zu füttern,
diese treue Seele ist jetzt tot … und das nur euretwegen.

Nur auf der Bühne fühlt' ich mich stets groß,
daneben schwach und klein,
jetzt steh ich hier und höre bloß: [8].

Und ich hielt mich für den König der Sprache
und weil Adel verpflichtet,
hab ich zum Teil
auf Vokale verzichtet!

Und ja, ich hab tatsächlich im
kompletten Text kein »U« verbaut!
Na ja, das war gelogen,
doch ihr hättet es mir zugetraut!

. . . .
8 Das Publikum sagt: »Nein.«

Sagt mir, was euch fehlt!
Ist es Sexappeal?!
Weil davon, find ich,
biete ich beträchtlich viel!

Und mehr ist keinem Menschen möglich,
das müsst ihr verzeih'n!
Reicht euch denn mein Körper nicht?!

9

Fehlt euch Action, wollt ihr Maschinen und Waffen,
brennende Fische und explodierende Katzen?
Ich kann auch richtig sauer werden, übel und gemein!
Wollt ihr Penner*innen das?

10

Fehlt euch der Pathos, der alles verändert?
Hab ich etwa zu wenig gegendert?
Fehlen blutige Schlachten und Kämpfe?
Oder der Mut, zu sagen, was ihr denkt?

Ich hab euch etwas vor-
und ihr mir nachgemacht,
ihr habt alles, was ich von euch wollte,
brav bedacht!

Doch jetzt wacht endlich auf aus dem Daydream,
ihr seid gerade live auf dem Mainstream!

Und jetzt sitzt ihr da grübelnd und fragend,
was will der hübsche Typ uns jetzt sagen?!

9 Das Publikum sagt: »Nein.«
10 Das Publikum sagt: »Nein.«

Ich will, dass ihr sagt, wie euch das Essen schmeckt,
auch wenn es dem Koch nicht passt,
besonders wenn es schmeckt,
als hätt' ein Büffel in den Topf gekackt,

Tanzt nicht, weil es alle tun,
tanzt, weil es euch Spaß macht,
und hört nicht auf, zu tanzen,
nur weil irgend so ein Arsch lacht!

Singt, auch wenn es scheiße klingt,
und selbst, wenn ihr den Text nicht kennt,
singt so laut ihr könnt und fragt euch nicht,
was wohl der Rest sich denkt!

Und versucht, das, was ihr wirklich denkt,
in Wort und Tat zu fassen,
und wenn man ehrlich ist,
dann muss man sich nichts vormachen lassen.

Und zeigt, dass meine Müh' am Ende
so umsonst nicht war,
werdet ihr das mal versuchen?

11

. . . .
11 Das Publikum sagt: »Ja.«

(Ansage)

Herzlichen Dank fürs Mitmachen an dieser Stelle. Das klappt auch nicht immer. Einmal hatte ich einen Auftritt in Braunschweig und da haben die Leute nicht verstanden, was ich von ihnen wollte, weil die ein klein bisschen dumm waren. Mir wurde gesagt, ich solle das sagen, weil die Leute in Hannover das prima finden würden. Eurer kranken Eskalation zufolge hat das ja auch ganz gut funktioniert.

Ich will natürlich ab sofort ehrlich zu euch sein und gebe zu, dass ich das Gleiche in Braunschweig auch über Hannover sagen würde. Diese lokalen Rivalitäten habe ich nie so richtig verstanden, was allerdings nicht bedeutet, dass ich nicht von ihnen profitieren sollte. Nach so vielen Jahren on the Road lernt man diese natürlich kennen. Da gibt es Menschen, die dir mit selbstgedrechselten Schwungknüppeln das letzte Lächeln aus den Backen zimmern, wenn du sie als Bayer statt als Franke bezeichnest.

Das Unterwegssein ist ja auch ein wichtiger und großer Teil meines Jobs. Viele stellen sich meinen Tag als Künstler wie folgt vor: Ich brenne mit meiner Show einen unschuldigen Laden nieder. Danach erwartet mich ein Buffet mit den köstlichsten Kostbarkeiten der regionalen Kochkunst. Die Speisen werden mir von den schönsten Menschen der Stadt vorgekaut und wie einem Küken zugeführt. Nach dem Essen wird ein großer Haufen Hundewelpen über mir ausgeschüttet, die allesamt ausgebildete Physiotherapeut*innen sind und mir den letzten Rest Bühnenanspannung aus dem astralen Körper kuscheln. Eine Schneiderin kleidet mich dann in Samt und Seide, während ich, sehr gute Drogen nehmend, zur Aftershowparty getragen werde. In der eigens für mich eingerichteten Location wird dann bis(s) zum Morgengrauen so brutal gefeiert, dass alle Anwesenden mit meiner Erlaubnis eine

Woche bezahlten Urlaub erhalten. Nachdem mir dann der Bürgermeister seinen Job anbietet, ich mich ins goldene Buch der Stadt eintrage, mehrere Säuglinge signiere und zum Spieler des Jahres im örtlichen Fußballverein gewählt werde, lege ich meine Geschmeide ab und flaniere nackt zu meinem Hotel, um noch etwas Kraft für den nächsten Tag zu tanken.

Das stimmt auch alles, allerding vergisst man bei all dieser Euphorie auch die An- und Abreise. Ich sitze wirklich sehr viel im Zug. Das Problem an der ganzen Fahrerei ist aber, dass zumindest mir auf Zugfahrten nie etwas passiert.

Das Krasseste war, als ich mit meinem Freund und Kollegen Jan Schmidt eine siebenstündige Fahrt antrat und wir zu kniffeln begannen. Wir ließen die Würfel tanzen. Ich hielt mich immer für einen ganz soliden Kniffler. Oft baten mich Bauarbeiter*innen um Rat, da ich große Straßen nur so aus dem Ärmel schüttelte. Ebenso hielt ich mich für einen recht guten Verlierer, würde euch allerdings auch bitten, mir einen Menschen zu zeigen, der, nachdem sein Gegenüber in fünf aufeinanderfolgenden Spielen mit einem Kniffeln eröffnete, während man selbst es nicht EINMAL schafft, den gottverdammten Bonus zu kriegen, den Würfelbecher nicht laut brüllend durch das Ruheabteil schmeißt. Nachdem ich mich ein bisschen beruhigt hatte, waren wir schon fast da. Wir beschlossen, noch ein paar Runden Schokohexe zu spielen. Bei diesem Spiel geht es darum, Zutaten für Schokolade zu sammeln. Das Aggressionspotential war zwar vorhanden, aber ich riss mich zusammen. Nach ein paar ereignislosen Partien tippte mich dann plötzlich ein Herr im Anzug im Vierer neben uns an, der so aussah, als würde er mehr Geld verdienen als ich. Ich befürchtete das Schlimmste, bis dieser dann meinte: »Ich glaube, ich spreche für alle im Abteil, wenn ich sage, dass es für uns deutlich unterhaltsamer war, als Sie noch im Kniffel verloren haben.«

Auf den meisten Fahrten passiert allerdings nichts. Daher habe eine gute Technik entwickelt, wie man lange Zugfahrten besonders produktiv gestalten kann: Ich schaue aus dem Fenster und denke nach. Als ich zum ersten Mal aus dem Fenster sah und nachdachte, war ich zunächst erschrocken, entdeckte dann aber nach kurzer Zeit das Denken für mich. Während einer solchen Zugreise können einem die schönsten Gedanken kommen. Einmal bin ich für 20 Minuten Auftritt mit dem Zug nach Graz und wieder zurückgefahren. Das waren 30 Stunden insgesamt. Da hatte ich viel Zeit, um nachzudenken – über den Tod. Und ich hab dabei nicht gedacht, wie und wann es passieren wird oder soll, weil es passieren wird. Ein Freund von mir studiert Medizin und der sagte mir, dass es unter Umständen und ganz vielleicht passieren könnte, dass ich auf jeden Fall sterbe. Da dachte ich dann, okay, damit kann ich leben. Also bis dahin.

Ich hab allerdings ein ganz anderes Problem mit der ganzen Thematik. Dieses Problem hab ich im folgenden Text verarbeitet. Es ist ein Text von mir und für mich, ihr dürft aber gerne zuhören, wenn ihr Bock habt. Der Text ist passenderweise eine Reise und eine Suche. Auf dieser Reise suche ich:

Die perfekten letzten Worte

So wie ein Spaziergang mit Girl an der Seite,
das du so lang schon mehr als nur mochtest.
Und der Wind weht ihr Haar, ihren Duft in dein Face,
dass du wünschst, ihre Wärme zu kosten.

Und du nimmst ihre Hand, sie bleibt stehen, sie lächelt
und spitzt ihre Lippen zum Kuss
und dann überfährt dich ein Bus!

Wie ein Nehmen und Nehmen und
Nehmen und Nehmen und
Geben,
so ist das Leben.

Doch kurz vor seinem Schluss,
wenn noch nicht aller Tage Abend ist,
bleibt stets noch etwas Drops zum Lutschen da.
Und auch wenn es derbe dämmert, schmeckt,
so lang im Mund noch Speichel läuft,
ein jedes Wort ganz wunderbar.

Und du stehst da, mit stolzer Krone,
denn an deinem Stamm, da war bislang
noch jede Axt beim Hieb gebrochen.

Und wenn auch nur ein Blatt an deinem
Astwerk eine Heimat findet,
ist der letzte Satz noch nicht gesprochen.

Doch auch ein letztes Blatt wird fallen,
es verlässt das müde Holz
und fällt schließlich unter Zittern, unter Wanken aus.
Und so liegt der Baum,
liegt ein Mann am Ende seines Lebens,
seiner Kräfte in einem Krankenhaus.

Die Hand hält seine Frau, ihre Falten, ihre Haut,
so dünn wie ihr Haar, doch er sieht,
dass egal, was die Zeit ihr nahm und auch nimmt,
er sie nach all den Jahren noch liebt.

Und auch ihre Enkel, zu jung, zu begreifen,
doch trotzdem ein bisschen betrübt,
weil alle so traurig sind, sicher auch, bestimmt
weil Opa nicht mit ihnen spielt.

Und sein Körper, er stirbt,
und auf einmal kriegt er Panik,
ihn verlassen der Mut und das Wort und
er sieht seine Familie an,
und die signalisieren dann,
das ist schon gut, das ist in Ordnung.

Seine Frau war immer glücklich
und er, er war es auch,
und seine Söhne sind nun Väter.
Und er sagt:
»Danke für die schöne Zeit,
wir sehen uns dann später.«

NA JAAAAAAAAA ...

Ist ja ganz nett. »Danke für die schöne Zeit, wir sehen uns dann später.«

Ist OKAY, ja. Aber ich finde, wenn man ein komplettes Leben lang Zeit hatte, sich auf diesen einen Moment vorzubereiten, dann ist »Danke für die schöne Zeit, wir sehen uns dann später«, na ja, also ich finde, da ist noch Luft, beziehungsweise, da WAR noch Luft nach oben.

Also bei mir, da wäre das ungefähr so:

Ich lieg auf meinem Schloss
im tropischen Nordengland,
und die Sonne, sie lacht und sie scheint,
nur scheint zu erkalten, denn der Tollste,
auf den sie je schien,
wird bald nicht mehr sein ...

Die Tagesschau berichtet live vom Sterbebett,
mein Lebenswerk wird unterdes von
Arte besprochen.
Die BILD-Zeitung und RTL
warten im Garten und
werden grad von meiner Garde verdroschen.

Alle meine Freunde, alle meine Frauen,
alle meine Kinder und alle meine Ratgeber
stehen dicht an dicht in meinem Gemach,
knapp 10.000 Leute auf 20 Quadratmetern.

Alle Dämme brechen unter Wellen der Verzweiflung,
sodass manche gar ertrinken in Flüssen
aus Tränen. Andere heulen so krass,
dass sie über Jahre nicht mehr pinkeln müssen.

Meine Fresse, es würde so derbe viel geweint,
dass unten vor dem Schloss sogar der Meeresspiegel steigt.
Und es tönte ein schrecklicher Schrei im Gewühl,
»117 Jahre, das ist einfach zu früh!«

Doch plötzlich Stille, ein Räuspern enteilt meiner Kehle,
dann höre ich leises Geraschel.
Wenn langsam die Folgschaft zum Himmelbett pilgert,
die Worte des Meisters zu haschen.

Und sie liegen auf der Zunge, sie wollen ins Freie,
so schmackhaft wie atemberaubend.
Ein letztes Mal hebt sich die stahlharte Brust
und lässt verlauten[12]:

Ich mischte etwas Rhetorik mit reichlich Gefühl
zu einem Mett aus Poesie.
Gewürzt mit etwas Charme und einem Teelöffel Weisheit
und durchtränkt von meiner Liebe.

Und ich presste das Brät in den Schafsdarm der Lyrik,
zu stillen der Nachwelten Durst
nach Zuversicht, und so schufe ich
ein schmackhaftes Ende aus Wurst.

Eine Grillgutmetapher, dafür geschaffen,
um weltweit die Dummen zu lehren.
Und nicht nur die Mägen, auch Hoffnung zu nähren,
ein sackstarker Satz, dessen Worte da wären[13]:

Es wäre fast, als ob mit mir die Sprache stürbe,
und ja, okay, ich weiß nicht, was ich sagen würde ..[14]

12 (Theatralische Geste)
13 (Theatralische, verzweifelte Geste)
14 (Theatralische, hoffnungslose Geste)

Ich weiß es auch nicht ...

Weil was, wenn mich Demenz
an meinem allerletzten Lebtag
nicht mehr daran denken lässt,
was ich einmal erlebt hab?
Was ist, wenn ich zornig wäre, voller Wut und Empören,
und was, wenn keiner mehr da, um mir zuzuhören?

Und warum denk ich den ganzen Tag über diese Kacke
nach?!
Vielleicht, um zu vergessen, was für ne Angst ich hab.
Dabei ist es doch fast wie ein Kuss, wie eine
Achterbahnfahrt,
wie ein Abend mit Flori, wie ein ganz krasser Tag.

Dabei hat es doch jetzt,
wird es doch gleich,
war es noch bis gerade eben
das Leben.

Und jeder von uns lebt einmal ab,
das hat bis heute auch noch jeder geschafft!
Na gut, bei Jopi Heesters war's knapp.

Und auch meine Zeit ist gleich vorbei,
so komme ich hier jetzt auch zum Schluss,
gar nicht weil ich sterbe, nein,
weil ich gleich in die Pause muss.

Drum höret nun die letzten Worte,
wartet noch ein letztes Weilchen,
geht mit mir den allerletzten Meter.

Und ich sag:

Danke für die schöne Zeit,
wir sehen uns dann später!

Pause

(Ansage)

Ja moin, da bin ich wieder, euer Flori von vorhin! Die Älteren werden sich erinnern. Und ich würde gerne einmal ganz frech in Erfahrung bringen wollen, ob ihr eine gute Pause hattet?

Eine gute Pause ist wichtig, da man hier das Gehörte und Erlebte kurz verarbeiten kann. Es wurde ja viel gesagt in der ersten Hälfte. Viele Worte, die viele von euch nicht kennen, viele Worte, die auch ich nicht kenne, es mir aber nicht habe anmerken lassen. Einige Witze brauchten auch genug Zeit, um verstanden zu werden, und da ist die Pause genau der richtige Ort, erst einmal ausgiebig in ein Glas Apfelschorle zu lachen.

Die Pause ist aber auch für mich als Künstler sehr wichtig. Nicht, weil ich mich erholen müsste. Das muss ich nicht, weil ich zwar alles gab, aber zurzeit so krass in Form bin, dass sich eine Dreiviertelstunde Bühnenprogramm im Vergleich so anfühlt, als würde sich ein normaler Mensch ein Brot belegen. Manche stoßen bereits da an ihre Grenzen, aber ich bin topfit und habe noch Luft für mindestens eine weitere Hälfte. Das, was die Pause für mich so interessant macht, ist, dass ich die Möglichkeit erhalte, ein kleines Stimmungsbild des Publikums zu erhaschen. Hierzu habe ich mich unbemerkt unter euch begeben, um ein bisschen Mäuschen zu spielen. Ich habe lange über die Wahl meiner Verkleidung nachgedacht, bin aber zu dem Schluss und der Erkenntnis gekommen, dass wohl niemand den mysteriösen Typen mit dem sehr großen Hut, dem knallroten Schnäuzer und dem Brautkleid auf Stelzen verdächtigte. Natürlich war das Feedback durchweg positiv, das äußert sich ja auch in der Tatsache, dass noch knapp 70 % des ursprünglichen Publikums anwesend sind.

Nebst all den Begeisterungsbekundungen drang mir aber vor allem eine Frage immer wieder an meine kleinen

Ohren. Eine Frage, mit der ich Zeit meines Lebens immer wieder konfrontiert werde. Die Frage lautet: »Flori, wie wird man eigentlich so ein cooler Typ?«

Eine Frage, die ich beim Blick in den Spiegel zwar nicht beantworten, aber zumindest verstehen kann. Ich habe natürlich lange überlegt, was mich so faszinierend macht, und kam zu dem Schluss, dass das stark mit meiner enormen Selbstsicherheit zu tun hat. Ich fühle mich selbstsicher, weil ich mich selbst sicher fühle.

Dieser Witz funktioniert gesprochen nicht so gut, sollte ich ihn aber jemals in einem Buch verwenden, brennt bei den Lesenden der Lachbaum.

Der Grund, aus dem ich mich so sicher fühle, ist, dass ich nicht nur Flori bin, sondern darüber hinaus auch bewaffnet. Ja, ich trage eine Waffe bei mir. Jetzt gerade. In meiner Hose[15]. Vielleicht halten mich jetzt manche für einen total verrückten Stiefel, aber ich kann euch versichern: Diese Waffe ist echt!

Und sie ist geladen mit allerlei Boshaftigkeiten und Schlimmem. Es hat mich eine sehr traurige Geschichte lang gedauert, bis ich gelernt habe, mit ihr umzugehen. Und diese Geschichte würde ich euch gerne erzählen.

. . . .

15 Der Künstler holt seine Hand aus der Hosentasche, mit welcher er eine Waffe formt.

Die Waffe

Alles begann im zarten Knabenalter,
nur vier Lenze zählte ich,
kein Hass und keine Wut
und auch kein böser Wille quälten mich.

Ich war ziemlich süß!
Und keck und nett und schlau,
meine Hobbies waren Trecker,
keine Mädchen und auch blau.

Meine Eltern waren immer da
und meinten es sehr gut mit mir,
brachten mich zu jeder Zeit
zu jedem Kinderfußballspiel,

zum Kinderturnen, Kinderkochen,
Kinder-Zeit-im-Wald-Verbringen,
Kinderketschen, Kinderpaintball
und zum Kinderfallschirmspringen.

Ich war so behütet,
ich war so verstörend zart,
Mozart war das Härteste,
was es bei uns zu hören gab.

Jedes Mal, wenn man sich stritt,
hielt man mir Ohr und Augen zu,
niemals konnt' ich Flüche hören,
außer wenn wir Auto fuhren.

Vater fuhr stets leicht gereizt,
nebst ihm der süße Pimpf,
und weil wir viel durch Holland fuhren,
wurde meistens wüst geschimpft:

Und jeder »Blödmann«, den ich hört,
grub sich tief in meinen Kopf,
jeder »Pimmel« wurde archiviert,
die »Pissnelken« gegossen.

Und wenn ich nachts, fein zugedeckt,
in meinem Formel-1-Bett lag,
lud ich dort mein Magazin
mit dem gehörten Scheiß vom Tag.

Noch wusst' ich nicht genau ob des Gebrauchs,
aber ich übte es
– bei Mittagessen, Abendbroten
und jedem Familienfest.

Alle lachten sie mich aus,
denn oft ging's in die Hose,
doch nach vier harten Grundschuljahren
war ich Virtuose.

Anfangs ließ man sich von dem zarten Antlitz irritieren,
doch kurz darauf begann ich,
ekelhaft zu pubertieren.

Und verpuppte mich alsbald
im Kokon der Pubertät,
doch was da am Ende schlüpfte,
war nicht schön.

Man sagt, dass man als Eltern immer
stolz auf seine Kinder ist,
doch ganz ehrlich,
bei mir ging das nicht.

Mein unförmiger Kopf
wurde nur mangelhaft von Haar kaschiert,
das so fettig war und schien,
als hätte man mich grad frittiert.

Der Oberlippenflaum
lag bequem im Gaumenbett,
den Schnecken, die mich sahen,
ploppten reflexartig die Augen weg.

Ich roch wie eine Mischung
aus frisch angekacktem Hecht und Aas,
jedes Glas, durch das ich sah,
sprang, weil ich so hässlich war.

Trug Mäntel in den Unterhosen,
Socken in Sandalen,
von etwas weiter weg
sah ich aus wie Ostwestfalen.

Ging ich in die Geisterbahn,
rannten alle Geister raus,
heute wär ich Hipster,
aber damals sah ich scheiße aus!

Doch niemand konnte oder wollte
mich auf meinem Weg behindern,
ein »Verpiss dich« und schon schritt ich
durch eine Allee aus Kindern.

Ich war der Gott des Schulhofs,
war der Ich-darf-alles-Mann,
und natürlich kam das bei den
Mädels alles gar nicht an ...

Und ich machte mich zu Affen,
schrie herum und fluchte,
warum wollte keine von den
»Bitches« mit mir knutschen?

Das Testosteron rann mir
sturzbachartig aus den Achselhöhlen.
Alle hatten Spaß, ich durft' mich
mit meiner Hand bequemen.

Hatte dann in Vaters Playboys
Interviews zum Teil gelesen,
weil aus unbekannten Gründen
alle guten Seiten klebten.

Alles war auf einmal nur noch dunkel und stickig
und doch war da am Ende dieses Tunnels kein Licht.

Nein, da war noch ein Tunnel.
Und dann kam noch ein Tunnel.
Und dann kam noch ein Tunnel.
Und dann kam sie.

Ich sah sie im Park, dort,
mit zitternden Händen,
bewarf sie gerade
Rentner mit Enten.

Und vielleicht lag es an dem
mich blendenden, hellen Licht,
doch es war Liebe auf den ersten Blick.

Wir trafen uns oft, fluchten
über Gott, über die Welt,
über die »Penner« auf den Straßen
und die »Bonzen« und ihr Geld,

betranken uns an uns, an all der Wut,
an all dem Groll und Zorn,
an unsrer Liebe, unsren Körpern
und an Omas Doppelkorn.

Im Grunde sah man uns nie nüchtern,
doch noch unwahrscheinlicher,
war, dass eines trüben Abends
sie es anstatt meiner war …

Verschwommen sah ich
hinter ihr ein Handy verschwinden,
wahrscheinlich als Resultat
des ständigen Trinkens,

und da mein Kopf jedes Detail
überinterpretierte,
war ich mir sicher,
dass sie mich nicht mehr liebte.

Auch wenn sie sagte, sie hätte sich nur
»Dumme« Filme angeschaut,
und auf mich wartete,
sonst blieb sie nicht so lange auf,

und mir versprach, dass, wenn was sei,
sie alle meine Sorgen teilt,
und dieser Gedanke nicht bis morgen bleibt.

Aber ich glaubte ihr nicht,
wurde lauter, sie wich
zurück, rannte schließlich
aus dem Haus, aber ich

rannte hinterher,
doch ich wankte viel zu sehr
und ich landete dann schwer
auf der kalten, nassen Erde.

Und dann war da kein Gedanke mehr,
der irgendeinen Sinn ergab,
nur noch der Wunsch, ihr wehzutun,
durch mich, und meine Lippen brach,

und ich hob sie und der Knall
verhallte nie in meinen Ohren,
als sie vor mir stand und ich nur schrie:
»Du bist für mich ‚gestorben'!«

Ich hatte genau getroffen,
mitten in ihr Herz,
so schwer verletzt, es blieben
ein paar Splitter und nicht mehr,

nichts mehr übrig von uns,
verloren ein komplettes Jahr,
weil ich wusste, als ich sie so sah,
dass da nichts mehr zu retten war.

An dieser Stelle lässt sich festhalten: »Kacke gelaufen.«
Das Gute an der Sache ist aber, dass diese Geschichte ja nie wirklich passiert ist. Sie entsprang allein meiner sehr guten Vorstellungskraft. Um euch nicht zu sehr zu erschüttern, habe ich darüber hinaus auch ein paar relativ offensichtliche Fehler eingebaut. Habt ihr sie gefunden? Okay, ich verrate es euch: Als ob ich irgendwann mal scheiße ausgesehen habe.

Was allerdings stimmt, ist diese Sache mit der Waffe,
die nennt sich auch Verstand.
Und wie weit ihr den gebraucht,
habt ihr selber in der Hand.
Darum habt euch gern und vielen Dank.

(Ansage)

Der Job als Bühnenclown bringt aber auch Probleme mit sich. Man sieht es mir nicht auf den ersten Blick an, oder auf den zweiten, aber spätestens beim dreißigsten Blick könnte man feststellen, dass auch ich das ein oder andere Problem habe. Die Bühne ist der perfekte Ort dafür, diese Probleme zu verarbeiten. Ich begebe mich in eine gewisse Therapiesituation, bei welcher mir teilweise mehrere hundert Therapeut*innen gegenübersitzen und mich auch noch dafür bezahlen, sich mein Leiden anzuhören.

Ich möchte diese außergewöhnlich komfortable Situation natürlich auch heute Abend ausnutzen, denn es ist mir auf der einen Seite wichtig, dass ihr mehr von der Person Flori erfahrt, da ihr mir durch euer Geld, welches jetzt teilweise mir gehört, grundsympathisch geworden seid, auf der anderen Seite möchte ich mir meinen Kummer selber von der Seele reden, da ich mir durch meine jahrelange Bekanntschaft mit mir selber grundsympathisch geworden bin. Da wir ganz gut in der Zeit liegen, möchte ich mir ein paar Sekunden Zeit nehmen, um mich zu sammeln. Es wird nämlich nicht um irgendein Problem gehen, sondern um mein Endbossproblem.

Der Applaus

Es gibt Menschen, die sind süchtig nach Drogen,
es gibt Menschen, die sind süchtig nach Kraft.
Es gibt Menschen, die sind süchtig nach Liebe,
und Menschen, die sind süchtig nach Macht.

Nach Essen, nach Feiern, nach Putzen, nach Reiern,
nach Schlägen, nach Leben, nach Haus,
nach Wichsen, nach Fluchen und ich bin ganz furchtbar
krankhaft abhängig von Applaus.

Als kleiner toller Junge schon,
in klettverschloss'nen Fußballschuhen,
merkt' ich, wenn ich Tore schoss, ertönte Applaus.
Sah Menschen in die Hände klatschen,
gleich dem Ball im Netze zappelnd,
wurde immer besser und ich hörte nicht auf.

Ich war so geil und talentiert,
dass ich bald gegen alle spielte,
Träume andrer Kinder, die zertrümmerte ich,
mit 10 Jahren nach Barcelona,
Geld war mir nichts wert, der Lohn für
meine Arbeit waren die Hymnen auf mich.

In der Schule war ich strebsam,
gab Äpfel den Lehrern
und durft in der Stunde die Tafel gestalten.
Ein rauchender Kopf
mit saumäßig Bock,
so oft es nur ging, Referate zu halten.

Mit Powerpoint und Feuerwerk,
so detailgetreu erklärter
Stoff, der egal, wie schwer er war, begeisterte.
Abi mit 11 Jahren,
doch war mir das egal,
denn Hauptsache, ich wurde derbe gefeiert.

Mit den Girls ließ ich mir Zeit,
mit 12 war ich so weit,
mich endgültig fest an ein Weibchen zu binden,
doch mit meinem Intellekt
und der Erscheinung entsprechend attraktiv,
das war gar nicht so einfach zu finden.

Doch nach Jahren fand ich sie,
eine Dame, wie sie mir
in ihrer Optik und Haptik genügte,
sie war 30 und Dozentin
und reichlich potent.
Ich beschloss, ihren Acker zu pflügen.

Ein Lusttsunami ab dem ersten
Kuss überkam sie,
so teilte ich all meine Liebe mit ihr,
danach schlief sie drei Tage durch.
Und als sie erwacht,
applaudierte sie mir.

Ich stürmte auf die Leiter
zum Olymp der Begeisterung,
stieg, denn ich konnte und wollte empor,
bis Sprossen porös zerbrachen,
welch böses Erwachen,
als ich die Kontrolle verlor.

Ich wollte mehr
und ich holte mir mehr,
pöbelte in Diskotheken,
sie riefen: »Gleich klatscht es!«
Und ich dachte: »Macht es!«
Und sie schlugen mich über den Tresen.

Schoss beim Fußball jedes Tor,
bis sie nimmermehr verloren,
als der Trainer mir plötzlich verhieß,
man müsse es wieder spannend machen.
Und ich hörte sie lachen,
als ich die Arena verließ.

Meine Freundin machte Schluss,
per Mail, ohne Gruß,
da der zu viele Schlaf viel zu stark an ihr zehrte,
da sie fast nur noch schlief,
da fürchtete sie sich vor
Jobverlust als auch vor Mangelernährung.

Sie ließ mich zurück,
allein und geknickt,
ich trank viel und ich drohte, zu kentern,
mit dem Schiff, mit dem ich
auf Erfolgswellen ritt,
und ich wusste, ich musste mich ändern!

Ich therapierte mich selbst,
isoliert von der Welt,
suchte ich mein Glück in der Stille,
goss mir heißes Wachs in die Ohren,
die Schmerzen zwar groß,
aber größer war noch mein Wille!

Ich beobachtete Vögel
fernab allen Pöbels
mit dem Ziel, mein altes Selbst zu verlieren.
Und ich suchte zu tun,
wo mich niemand bejubelte,
so fing ich an, BWL zu studieren.

Ich war einer von manchen,
dann einer von vielen,
dann einer von allen und dann
war ich nicht mal mehr das,
verschüchtert und blass
kämpfte ich gegen den Zwang.

Doch jedes Rascheln in den Bäumen,
jedes Nieseln, jeder Hauch,
jede Böe in den Blättern
klang ein bisschen wie Applaus.

Jeder Schritt durch flache Pfützen,
jedes Buchseitenblättern,
jede Packung Chips klang wie eine
jubelnde Menge.

Jeder Biss in krossen Teig,
jedes Braten zarten Fleischs,
jedes Kinde, das mit Matsche matschte,
jeder Flügelschlag und Regenschauer,
jedes Getuschel und jede Kackwurst,
die aufs Wasser klatschte,

klang so wie ein Leben,
das ich nie mehr führen sollte,
und auch wenn ich nichts mehr
als nur das von früher wollte,

dacht' ich nicht daran,
was ich Stund' für Stund' versäumte,
und ich schlief so oft es ging,
wegen der wunderbaren Träume.

Und ich träumt' von einer Bühne
– fast so schön wie diese –,
ein Orchester, komplett von mir besetzt,
die Pauken trommeln zum Finale,
lauter werdende Fanfaren,
hektisches Gezupf' des Violin'quartetts.

Die Celli schreien, laut vibrierend,
Klarinetten, koalierend,
werden zur Ekstase, werden wild,
in dem gewaltigen Crescendo
stehe ich als Dirigent, aber
plötzlich fällt der Vorhang, noch ein Ton,
dann wird es still.

Das Publikum begeistert, kann kaum fassen, wie episch,
keiner kann erwarten, dass die Stimmung sich löst, bis
man in einer großen Halle etwas schallend vernimmt,
wie ein Mann in erster Reihe mit dem Klatschen beginnt.

Und in der zweiten kommt ein weiteres hinzu
und just darauf die ersten beiden Reihen und im Nu
applaudiert der ganze Saal, jeder Mann und jede Frau,
und es wird laut ... und es wird lauter ...[16]

Und Schluss!
Weil ich endlich damit aufhören muss.

....

16 Das Publikum applaudiert immer lauter werdend.

Das ist natürlich jetzt ein komischer Moment. Der Körper drängt euch geradezu, eure Handflächen ineinanderzuballern, aber ich bitte euch, damit noch etwas zu warten. Ihr werdet es euch wahrscheinlich schon gedacht haben, aber auch in eben gehörtem Text habe ich an der ein oder anderen Stelle ein My übertrieben. Jetzt herrscht eine merkwürdige Atmosphäre der Unsicherheit, aber das habe ich alles geplant. Ich würde nämlich genau diese nutzen, um über ein wirkliches Problem von mir zu reden.

Der folgende Text ist wieder ein Mitmachtext, aber ihr müsst gar nicht viel tun und nicht einmal das. Ihr müsst bitte weiterhin dieses unangenehme Schweigen aufrechterhalten. Stellt euch einfach vor, eine Person, die weit weniger attraktiv, charmant und witzig ist als ich, hätte gerade die Bühne betreten, um den schlechtesten und unangemessensten Witz zu erzählen, den ihr jemals gehört habt, und ihr wolltet ihr, Kraft des Drucks eures Schweigens, einen Knöchel verstauchen.

Das ist die Stimmung, die ich gerade brauche: gar keine! Ich bitte euch auch, auf nichts in der nun folgenden Performance zu reagieren. Sollte etwas Lustiges passieren, dann sagt nicht: »Haha.« Sollten mehrere Minuten lang krasse Mehrfachreime gespittet werden, dann sagt nicht: »Hoho.«

Ich sage das lieber vorher, weil beides wird passieren. Und ich weiß, dass es wahrscheinlich zu viel verlangt ist, aber versucht, in den folgenden Minuten keine Gläser mit euren Füßen umzustoßen.

Das folgende Gedicht trägt den Titel:

Von der Liebe und der Stille

Ich will ehrlich zu dir sein,
ich kann die Stille nicht ertragen,
wenn ein Gesprächsfaden reißt,
platzt mir innerlich der Kragen.
Wenn niemand etwas sagen will,
dann will ich etwas sagen,
dann gibt's Fun Facts ohne Fun
oder irgendwelche Fragen?

Sowas wie: Echte Schotten
lassen gerne baumeln unter ihrem Kilt.
Oder ganz Persönliches wie:
Habt ihr schon mal Fisch gegrillt?
Dinge, die niemand,
aber vor allem ich nicht wissen will,
doch das ist okay, denn dann
ist es immerhin nicht mehr still.

Wenn ich esse,
knirsche ich sehr laut mit den Zähnen,
wenn ich wen treffe, frage ich mich:

Gibt es genügend Themen,
die von Interesse wären
oder über die wir reden,
oder geh'n wir besser doch
direkt in eine Diskothek?

Ich mache Krach
oder lasse es krachen,
ich mache Witze, ganz egal,
wie albern und flach,
weil wenn die Leute nicht feiern
und sich erbarmen, zu lachen,
dann fang ich ganz langsam an,
mir Gedanken zu machen.

Und dann denk ich an
völlig bescheuerten Scheiß,
sowas wie:
Sind berühmte Tiere von der Steuer befreit?
Ich mein, bei Lassie wär das
eine Ungeheuerlichkeit!
Bestimmt bereuen es alle,
mit mir befreundet zu sein.

Und dann rede und red ich,
ohne etwas zu sagen,
nehm eine Kelle zur Hand
und dresche die Phrasen,
statt Gedanken zu ordnen,
den Moment zu ertragen
und dir da endlich zu stecken,
wie sehr ich dich mag.

Weil du so cool bist –
ich hab keinen Plan, wie das geht.
Doch ich kann's dir nicht zeigen,
da gibt's ein krasses Problem,
weil du dann sicher wieder,
ohne mich zu fragen, dastehst,
und
mir die Sprache verschlägst.

Dann schweigen wir uns an
und ich denk an all die kleinen Dinge,
die ich seit gemeiner Zeit
an meinem Leibe scheiße finde.
Ob mir ein Popel aus mir ragt,
ich wie ein Keiler stinke,
und zu allem Überfluss
sagt mir dann diese eine Stimme,

dass es juckt. Und dann juckt es
ganz dolle da unten.
Und ich frag mich, ob ich's schaffte,
dass ich, ohne dass du gucken
würdest, ich das kleine Loch
in meiner Hosentasche nutzen
könnte, um mir einmal kurz an
meinem Hodensack zu zupfen.

Oder ob vielleicht bereits
ein frecher Schritt zur Seite reichte,
um den Zipfel Klötenfleisch
vom Schenkel zu befreien.
Und dann gucke ich ganz komisch
und du rennst und suchst das Weite.
Und dann bleibe ich für alle Zeit
schlussendlich ganz alleine.

Ich weiß nicht, ob das passieren wird,
doch im Grunde weiß ich,
ist dieses Szenario
dann doch relativ unwahrscheinlich,
doch falls es geschähe
und du hieltest mich für dumm und peinlich,
wär ich für mich unverzeihlich.

Ich will ehrlich zu dir sein,
ich ertrag sie nicht, die Liebe,
mit dir nicht schweigen zu können,
würd mich wahnsinnig betrüben,
und für mich als Künstler gibt's nur einen Ort,
um das zu üben.
Und das sind Bühnen.

[17]

....

17 Im Publikum herrscht eine unangenehme Stille.

(Ansage)

... Ich möchte mich an dieser Stelle schon einmal für euer Mitmachen bedanken. Einige sind eingeschlafen, das ist natürlich vollkommen in Ordnung und unfassbar respektlos. Ihr habt jetzt, glaube ich, genügend Applausenergie in euch aufgenommen und was wäre ich für ein Gastgeber, wenn ich euch davon nicht erlösen würde. Ich zähle jetzt von drei runter und dann lasst ihr kurz alles raus, was sich da in euch aufgestaut hat. 3,2,1 ...[18]

Ich würde die sehr intime Situation, in die wir irgendwie hineingeschlittert sind, nutzen, um ein weiteres, sehr persönliches Lied zu zupfen. In Folgendem soll es um eine Frage gehen, die ich mir häufig selber stelle. Meist stelle ich mir diese Frage nachts und ich lasse mich von ihr um den Schlaf bringen. Diese Frage kennen wahrscheinlich auch viele von euch und sie lautet: Was passiert, wenn ich jetzt in den Wald gehe? Und da wartet dann eine gute Fee auf mich und sagt mir: »Flori, du hast einen Wunsch frei.«

Ich meine, ganz ehrlich, es gibt doch nichts Schlimmeres, als völlig unvorbereitet in diese Situation hineinzugeraten, dazustehen und zu sagen: »Äh, 1.000 €.«

Und dann bekommt man die 1.000 € direkt von der Fee aufs Konto, dann macht man noch einen kleinen Schlenker zum Kiosk, holt sich eine gemischte Tüte für 1.000 € und dann liegt man nachts im Bett, den Ranzen bis zum Anschlag mit Weingummi vollgestopft, und denkt sich: »Vermaledeit, hätte ich mir mal lieber 2.000 € gewünscht!«

Das ist eine Bredouille, in die ich nicht zu geraten gedenke, und genau aus diesem Grund habe ich dieses ganze Gedankenspiel mal bis zum Ende durchgezockt und in einem Lied verfasst, welches den Titel trägt: Der eine Wunsch. Und ich wünsch euch viel Spaß.

....
18   Das Publikum macht sehr viel Krach.

Vielleicht sollte ich noch kurz anfügen, dass es natürlich nicht mein einer Wunsch wäre, dass ihr viel Spaß habt, weil das wäre, so lieb ich euch auch habe, verschwendet. Trotzdem seid ihr jetzt herzlich eingeladen, meinen wundersamen Melodeien zu lauschen.

Der eine Wunsch

```
      Csus2                      Asus2
Alles beginnt in einem Wald, mit ner Fee,
                  Em
wie in nem guten Witz,

nur mit dem Unterschied,
      G                      Csus2
dass dieser hier nicht lustig ist.
                        Asus2
Und sie fragt mich nach dem Wunsch der Wünsche
            Em
und ich denke drüber nach,
            G            Csus2
weil nicht wär unvernünftig.
                  Asus2              Em
Ich denk an Essen für alle und an Weltfrieden,
                        G                      Csus2
daran, dass arme Menschen alle genug Geld kriegen,
                  Asus2                      Em
an Schluss mit Stress, an Schluss mit strengen Sitten,
                  G
mit Ebola, Krebs, Pest und Männergrippe.
```

```
Csus2          Asus2                          Em
Doch plötzlich schiebt sich ein Gedanke vor
                      G
bis direkt an mein Ohr, ich mach ihn dann zum Wort
    Csus2                  Asus2
und Ruckzuck hebt sich die Stimmung.
              Em                          G
Und mit einem SCHWUPP geht mein Wunsch in Erfüllung.


            Csus2      Asus2
Und seitdem ich fliegen kann,
Em                  G
komm ich nicht mehr zu spät,
                  Csus2     Asus2
nein, ich komme meistens früher an,
        Em                  G
denn ich nehm den direkten Weg.
        Csus2              Asus2
Und ich fliege so hoch und frei,
    Em                  G
über Stock und über Stein.
            Csus2                      Asus2
Oh, ich flieg so viel, aber keiner nimmt mich wahr,
          Em                          G
denn ich fliege meistens unter dem Radar.


Csus2              Asus2                      Em
Doch natürlich bleibe ich nicht lange unentdeckt,

ich mein, bei Gott,
        G                      Csus2
ich bin ein wunderbares Wunderwerk.
```

```
        Asus2                  Em
Erst ein Video bei YouTube, dann überall,
             G                      Csus2
darauf geh ich in die Luft und danach viral.
                    Asus2            Em
Kurz darauf bin ich der beliebteste Talkshowgast,
                 G
leider komm ich nie zu Wort
                 Csus        Asus2
und mach bloß das, was ich kann.
                 Em
Die Leute finden mich so klasse
             G
und, man, hab ich Asche auf der Bank.
     Csus2                  Asus2
Ich fliege bei Eröffnungen von Möbelhäusern,
Em              G
Kindergeburtstagen und jeder Hochzeit.
        Csus2                Asus2
Ich fliege mich finanziell für mein Leben sicher
        Em                      G
und als Vorband von Helene Fischer.


             Csus2      Asus2
Denn seitdem ich fliegen kann,
Em                      G
läuft's mit den Frauen sehr gut,
                Csus2   Asus2
alle bieten mir ihre Liebe an
        Em                  G
und ich frage mich, was soll ich tun?
     Csus2              Asus2
Ich gehe steil und muss hart lachen,
Em                  G
über euren Boden der Tatsachen.
```

```
        Csus2                    Asus2
Oh, ich flieg so viel und jede nimmt mich wahr,
                        Em            G
denn jetzt bin ich ein Star.


(Solo)


        Csus2                    Asus2
Und seitdem ich fliegen kann, geh ich nicht mehr zu Fuß,
        Em                       g
und weil ich's nicht mehr tu, nehm ich zig Kilo zu.
        Csus2                    Asus2
Auch die Vögel gehen mir auf die Eier.


        Em                   G
Alles voll die Geier, vor allem die Geier.
        Csus2                    Asus2
Auch die Familie macht um mich einen krassen Bogen,
                        Em
findet, dass, seitdem ich fliegen bin,
        G
ich sehr abgehoben bin.
        Csus2         Asus2
Versteht ihr? Abgehoben.
        Em           G           Csus2        Asus2
Hahahahahahahahahahahahahahaha.


        Em                   G
Und jetzt lach ich für mich allein,
                    Csus2    Asus2
denn seitdem ich fliegen kann,
        E                       G
will niemand mehr bei mir sein.
```

```
Csus2                        Asus2          Em
```
Doch trotzdem bleibe ich hier oben und fliege,
```
                    G
```
denn es ist wie eine Droge, ich kriege
```
  Csus2                          Asus2
```
nicht genug, doch auch keinen Trost oder Liebe.
```
    Em                        G
```
Denn alle meine Freunde sind am Boden geblieben.

(Ansage)

Normalerweise trage ich ja die meisten meiner Texte bei Poetry-Slam-Veranstaltungen vor.

Beim Poetry Slam treten Menschen mit selbstgeschriebenen Texten gegeneinander an, lassen sich dann vom Publikum bewerten und gewinnen, mit etwas Glück, einen Gegenstand, der lange im Keller der Moderierenden herumgelegen hat und, anstatt weggeschmissen, golden angemalt wurde, um ihn einer der auftretenden Personen in den Tourrucksack stopfen zu können. Ein Format, welches Vor- und Nachteile hat.

Die Vorteile sind, dass man unfassbare Bühnen erleben kann. So trat ich bereits in der Elbphilharmonie auf, vor mehreren tausend Besoffenen auf dem Deichbrandfestival und auch die halligen Flure des Kulturzentrums Kleinbahnhof in Osterholz-Scharmbeck durfte ich bereits mit Worten erfüllen. Die größten Nachteile neben dem stinkenden, goldlackierten Konvolut an Unrat in den Reisetaschen sind jedoch der ständige Vergleich und das Bewertetwerden.

Im Grunde geht es beim Poetry Slam nicht darum, wer den besten Text schrieb, sondern vielmehr darum, wer sich am besten selbst darstellte. Bei einem sehr emotionalen und/oder persönlichen Thema unterzieht sich plötzlich nicht mehr nur der Text einer Benotung, sondern auch die vortragende Person. Ein Umstand, den ich für äußerst schwierig erachte. Ein Umstand, der sich leicht dazu verwenden lässt, das Publikum emotional zu erpressen und zu manipulieren. Aber vor allem ein Umstand, den ich mir natürlich sehr gerne zu Nutzen machen wollte.

Ich begab mich also auf die Suche nach dem perfekten Thema. Ein Thema, welches alle Menschen aller Kulturen und Herkünfte gleichermaßen ansprach. Ich studierte sechs Semester lang Ahnung, wälzte Bände und führte ausführliche Studien durch, über was die Menschen am liebsten einmal ein pfiffiges Gedicht geschrieben hätten.

Nach Jahren der Suche wurde ich schließlich fündig. Es gab dieses eine Thema, mit welchem ich alle würde berühren können: Fußball!

Gibt's hier Fans?[19]

Okay, dann waren all die Anstrengungen offensichtlich umsonst. Aber geht ja nicht ausschließlich um Fußball. Es soll gleichzeitig eine Hymne auf das Ehrenamt sein. Gibt es da Fans?[20]

Alles klar, ich trag den Text jetzt trotzdem vor. Immerhin hab ich an den Anfang des Gedichtes ein kleines Märchen eingebaut, da sind ein paar tolle Reime drin, und danach könnt ihr meinetwegen weghören.

....

19 Es melden sich zwei Leute.
20 Es melden sich drei Leute, von denen sich einer bereits bei der ersten Frage meldete.

Fußball

Es war mal eine Stadt,
die stand so schön herum und klein,
in dem Wissen und der Absicht,
nie was Größeres zu sein,

stand auf mitten einer Wiese,
wo vor vielen, vielen Jahren
bis auf Dinodung im Wiesengrund
im Grunde nie was war.

Bis dann ein Fürst sie einst beritt
und sich in sie verliebte, er beschloss:
»Ich bau ein Schloss
auf dem Gipfel ihres Wiesenberges.

Eines, das so hoch sei,
dass ich jeden Tag vom Turme dann
bei Sonnenauf- und untergang
das Wunderland bewundern kann.«

Doch die Menschen sahen bloß
das Schloss und seine Pracht.
Es zog sie an, sie zogen los
und zogen in der Nacht

dicke Wände aus der Erde,
bauten Häuser, um zu bleiben,
um sich jeden Tag an jenem
Schlossgemäuer zu begeistern.

Als der Fürst das morgens sah,
da überlief es ihn ganz kalt.
Er lehnte sich aus seinem Fenster,
schrie verzweifelt: »HALT!«
Nur ein Fleckchen war noch übrig
von seiner großen Liebe.
So befahl er dann im Land
der offenbar Objektophilen:

»Dieses Grün soll bis in alle Zeit
für alle Leute ein
Ort des Friedens, Liebens
und vor allem Ort der Freude sein.«

Heute stehen dort zwei Tore
am Ende eines Rechtecks,
aus Kreidestaub in Weiß mit braunem
Maschennetz benetzt, fest

im Boden verwoben
stehen dicke, starre Pfosten,
bronzen in der Morgensonne
schimmert matt der Lattenrost.

Und neben diesem Felde
steht ein Häuschen mit Kabinen
und in diesen sitzen Kinder
mit eindeutig trüben Mienen,

denn es sind Sommerferien
und das Wetter wirklich super
und das Freibad ruft herbei,
aber stattdessen gibt es Fußball.

Bar jeder Lust und Laune
sitzen da die kleinen Seelen,
alle Schuhe sind noch auf,
denn keiner weiß, wie Schleifen gehen.

Kalt sind hier die Herzen,
viel zu warm ist es da draußen,
aber drinnen rieseln Flocken
frischen Schlafes aus den Augen.

Die Saison war ordentlich,
am Ende sind sie Sechster,
was nicht daran lag, dass sie so gut,
nein, andere noch viel schlechter.

Allen war das stets egal,
allerdings gewiss ist jedem,
dass es insbesondere heute
absolut um nichts mehr geht,

Doch dann knallt die Türe auf,
alle Mannen trifft der Schock,
denn plötzlich steht der Trainer da
und der hat mal so richtig Bock!

»Heute geht's um alles, Kinder,
heute ist das letzte Spiel,
eure Eltern werden euch enterben,
wenn ihr jetzt verliert.

Jetzt ist die Zeit,
sich nochmal zu beweisen
und den Feinden einen
fürchterlichen Sommer zu bereiten.

Das System ist klar:
3-2-1 mit Blick nach vorne,
erst mal hinten sicher stehen,
später machen wir die Tore!
Holt ihr euch das Spielgerät,
Ball und Gegner laufen lassen,
habt ihr Platz, zack,
geh'n die Defensiven außen ab.

Raus Richtung Eckfahne,
dann die Flanke in die Box,
Stürmer mit Direktnahme,
ganz egal, ob Fuß ob Kopf.

Allen Ballast müsst ihr ablegen,
außer die Konzentration,
den Kampf, den müsst ihr annehmen
auf jeder Position!

Den Keeper will ich fliegen sehen,
allen Bällen hinterher,
mit blutigen Knien jeden
Schuss der Gegner abzuwehren.

Und wenn ob der Wucht der Murmel
dir ein Finger bricht,
dann hältst du halt die nächste Kirsche
mit deinem Gesicht!

Doch so weit wird es nicht kommen,
wenn die Abwehrspieler mauern,
mit Gewaltbereitschaft auf die
gegnerischen Stürmer lauern,

guckt euch eure Gegner an,
nehmet ihren besten Mann
und bei Zeiten setzt ihr einfach
hüfthoch zur Grätsche an.

Ich will, dass sich euer Atem
feucht in seinen Nacken legt,
lauft ihm einfach hinterher,
sogar wenn er kacken geht.

Das Mittelfeld muss rennen,
es muss rennen, rennen, rennen,
es muss rennen, rennen, rennen,
rennen, rennen, oh mein Gott!

Es muss rennen, rennen, rennen,
es muss rennen, rennen, rennen,
es muss rennen, rennen, rennen,
ihr müsst rennen, bis ihr kotzt!

Und dann brecht ihr auf den Rasen
und dann rennt ihr weiter,
denn mit leerem Magen fällt
das Rennen noch viel leichter.

Ich erwarte Übersicht,
schickt die Bälle gerne steil
in den Sturm, den ich warne,
wehe, wenn ihr Nerven zeigt!

Denkt an eure Großväter,
zeiget euren Dank mit Toren!
Und dann sind die damals auch
im Krieg nicht ganz umsonst gestorben!

Alle will ich ackern sehen,
die auf diesem Platze stehen,
wenn euch das zu heftig ist,
könnt ihr zu eurer Mama gehen.

Kämpft, bis euch übel wird,
das ist doch nicht zu viel verlangt,
jetzt gehen wir da rüber
und gewinnen dieses Spiel, verdammt!«

Ein paar der Kinder weinen,
die andern hört man Zähne fletschen,
Säbel rasseln und gewillt,
den Gegner völlig wegzuflexen.

Trainer bindet Schuhe,
so stramm und auch so hart,
dass die Füße sich verfärben,
aber das ist jetzt egal.

Denn schon sind sie aus dem Häuschen
und rennen zu den Toren,
hochfrequente Torgesänge
brennen in den Ohren.

Jeder steht bereit,
der Schiri bläst zum Anpfiff
und alle, selbst der Torwart,
rennen dahin, wo der Ball ist.

Und nach wenigen Sekunden
wird dem Zuschauer bewusst, da steht
'ne Mannschaft auf dem Feld,
von der nicht einer weiß, wie Fußball geht.

Der Trainer steht am Spielfeldrand,
schreiend, pöbelnd, fluchend
mit der Taktiktafel wedelnd,
aber keiner hört ihm zu.

All die Mühe war umsonst,
die Hoffnung jedes Schimmers leer,
und nach zwei Minuten hat er
fast schon keine Stimme mehr.

In der zweiten Hälfte liegt er
kauernd auf dem Rasen,
lutscht an einem Löwenzahn
und traurig denkt er nach,

liegt es denn vielleicht an ihm,
da ja jeder seinen Worten lauscht?
Denn so beschissen wie heute
sieht es jede Woche aus.

Und hinter ihm zwei Väter
mit Sakko und Lackschuhen,
halten sich die dicken Bäuche,
lachen sich schlapp und

zeigen auf den Mann,
der da am Boden Selbstgespräche führt,
flüstern sich vergnüglich zu:
»Der kriegt noch nicht mal Geld dafür.«

Ich hatte immer gute Fußballtrainer,
voller Spaß und Lust,
und was die für uns getan haben,
war mir nie bewusst.

Die fuhren dreimal in der Woche,
ob bei Wind oder bei Regen
oder Sturm, mit einem Haufen
lauter Kinder durch die Gegend.

Heute stehe ich auf Bühnen
und verdiene hier mein Geld.
Es ist nicht viel, doch reicht für meine
Miete und die Welt.

Und dahinter und auch daneben
stehen Menschen und die geben
alles dafür, dass auch jede*r
hier im Raum etwas erlebt.

Heute weiß ich das zu schätzen,
weil ohne die nichts läuft,
und dieser Text ist jetzt vorbei,
doch der Applaus ist nur für euch.

(Ansage)

Eurem Applaus nach hat es euch trotzdem gefallen. Aber vielleicht war es auch die gewaltige Macht des Fußballs, die euch in ihren Bann zog, wie mich einst vor langer, langer Zeit. Das waren wilde Jahre, in denen ich mit der D-Jugend des SV Bad Bentheim das Triple aus Kreismeisterschaft, Hallenkreismeisterschaft und Kreispokal holte. Heute hole ich meine Fußballschuhe leider nicht mehr ganz so oft, aber wenn, dann spiele ich voller Elan und Hingabe für den SV Suddendorf Samern. Das wissen aber auch viele.

Wer weiß das? Niemand? Es gibt Momente im Leben, da überschätzt man seine eigene Popularität maßlos.

Na ja, jetzt wisst ihr es ja immerhin. Mit dem SV SuSa III messen wir uns dann mit Szenegrößen wie den Sturmvögeln Hilten-Lemke und den Rasenkitzlern aus Wilsum. Das klingt jetzt alles verdächtig nach letzter Liga, aber es ist die vorletzte, weil wir sind letztes Jahr aufgestiegen. Neulich hatten wir wieder ein Spiel und ich schoss ein Tor, weil ich sehr gut bin. Das Problem an der ganzen Sache war aber, dass der feine Herr Schiedsrichter, von dem ich eigentlich ganz genau wusste, wo sein Auto stand, weil es das einzige am Platz war, auf Abseits entschied. Ich war mir allerdings zu mindestens 75 % sicher, dass das unter Umständen und im richtigen Blickwinkel kein Abseits gewesen sein könnte. Als ich mich dann zuhause sehr darüber ärgerte, nur drei Tore geschossen zu haben, sagte ich zu mir selbst: »Flori, so fair ist diese Welt ja gar nicht.«

Es gab viele Momente in meinem Leben, in welchen mir dies hätte auffallen können. Am Ende war es dieser. Ich fragte mich aber auch, was ich als Autor denn tun könnte, um diesem unsäglichen Elend entgegenzuwirken. Ich beschloss, mir mit Worten eine Welt auszumalen, in der es wirklich gerecht zuginge. Ungerechterweise ist dies dann auch der letzte Text des Abends, aber fairerweise lasse ich euch mit einem Gefühl der Hoffnung in die Hannoveraner Partynacht enteilen. Ich möchte mich schon einmal bedanken bei der Technik, die mich mit Licht und Ton, den Leuten an der Theke, die euch mit Erfrischung und Bewusstseinserweiterung versorgt haben, und natürlich auch bei euch, weil ihr mir beeindruckend selten negativ aufgefallen seid. Mein letzter Text trägt den Titel: Wenn die Welt fair wär ...

Und ihr merkt das ja schon selber, der Titel ballert nicht so richtig. Damit lernt man in der Diskothek niemanden kennen und er würdigt nicht im Ansatz den Batzen Sprache, der auf ihn folgen soll. Da mir dies auch relativ schnell nach Beendigung des Textes auffiel, beschloss ich, mich noch ein paar weitere Monate hinzusetzen und an dem perfekten Titel zu feilen. Voller Stolz darf ich euch verkünden, dass es mir gelang, und darum verabschiede ich mich nun von euch mit dem Text:

Wenn die Welt fair wär, yeah, yeah!

Wenn die Welt fair wär, yeah, yeah,
dann bräucht's keine Schiedsrichter*innen.
Alle kämen aus Liebe zum Spiel
und würden die Zeit lieber
friedlich verbringen.

Spielten attraktiv und ehrlich,
hart, doch nie gefährlich,
alle blieben fit, und könnten ohne Ende rennen.
Alle gäben immer alles,
für den Falle dieses Falles,
wär es so, dass am Ende stets die Besseren gewännen.

Und am Ende einer Spielzeit
wären alle immer siegreich,
denn etwas zu verlieren gäb es nie,
für die siegreiche Mannschaft gäb es drei Punkte,
für die andern gäb es vier
für Sympathie.

Dennoch spielten alle Teams
immer wieder auf Remis,
da nichts so glücklich wie ein gutes
Unentschieden machte.

Und falls doch noch jemand zeterte,
hätte dann der Trainer von den Gästen einen
selbstgemachten Kuchen mitgebracht.

Einen von der besten Sorte,
eine dicke, fette Torte,
mit wenig Kalorien, trotzdem würden alle satt davon.
Und nicht nur die Spieler*innen
in ihren Kabinen drinnen,
sondern darüber hinaus noch alle Fans im Stadion.

Die sängen dann die Hymnen
beider Teams und wünschten,
dass diese weiter blühten
im Lichte dieses Glückes,

weil wenn die Welt fair wär, alle
immer Fan von jedem und jeder wären.

Wenn die Welt fair wär, yeah, yeah,
verdienten alle Menschen das Gleiche.
Zumindest bekäm man für das, was man tut, genug,
dass es für das, was man gern täte, reichte.

Würde man gerne wandern gehen,
sich beim Handball quälen,
wäre Stammgast verschiedener Tantraläden,
täte Hanteln stemmen,
hätte man am Ende des Monats
immer was zum Auf-die-hohe-Kante-Legen.

Für den Strand in den Ferien,
den Garten Eden,
für ein Pferd oder ein goldenes Cabrio,
da wär jenes elektrisch, und es gäbe aus Fairnessgründen
Raum für folgendes Szenario:

Ein Mann geht los und kauft ein,
eine Flasche Schaumwein,
doch gerade beim Bezahlen
scheint er hektisch und gestresst,
hat an fast alles gedacht,
sogar die Hose zugemacht,
doch in der Hektik hat er seinen Geldbeutel vergessen.

Nun wirft er bange Blicke
in die Schlange hinter sich,
sieht einen Mann mit Portemonnaie,
der schweigend darin wühlt, bis
dieser sagt:
»Ich hab so viel gespart, da hab ich freilich für dich
einen Euro übrig.«

Und die Frau dahinter meint:
»Ich habe sogar zwei!«
Und nach weiteren dreien ist der Mann schuldenfrei
und lacht.
Und aus Mitten all der Wartenden
springt plötzlich eine Dame und sie singt:
»Ich hab kein Geld, doch ich hab Kuchen mitgebracht!«

Der ist das Gegenteil von widerlich,
ein richtig nicer Bienenstich,
nehmet euch und esst und lasst die Sorgen fallen,
und wie als wären sie auf Substanzen,
fangen alle an, zu tanzen,
und vorne lässt der Mann dann seinen Korken knallen.

Weil, wenn die Welt fair, der Zweck des Erwerbs
der Flasche Sekt genau der wär.

Wenn die Welt fair wär,
hätte ich diesen Text nie geschrieben,
niemand wäre erschienen,
alle wären nur liegenderweise
in ihren Betten geblieben.

Um sich in ihre Decken zu schmiegen,
unbeschwert und zufrieden,
und den Kopf von Gedanken oder Kummer still.
Alle würden schlummern,
so richtig übel schlummern,
weil man schlummern dürfte, wann immer man
schlummern will.

Es würde Massenliebe statt Hass und Kriegen,
keine alles überwältigenden Zweifel geben.
Niemand müsste zwischen Müllhalden
oder auf Trümmern
oder, Gott bewahre, in der Eifel leben.

Alles wäre mehr als geil und barrierefrei,
niemand wäre cool ohne Macken.
Und für den seltenen Fall, dass jemand nicht lächelte,
hätte dann einfach immer irgendjemand Kuchen gebacken.

In jedem Land an jeder Ecke
gäb es den, der gerade schmeckte,
alle wüssten, dass es nicht mehr besser würd.
Dann gäb es das Wort fair nicht,
es fällt schwer, doch ich
bin ehrlich, dass es Fakt ist, dass der Text hier existiert.

Und weil das keine faire Welt ist,
schleichen Zweifel ins Gedächtnis
und schlussendlich stelle ich mir diese Frage.
Vielleicht hatte diese Erde
nie die Chance, fair zu werde,
einfach weil ich diesen Text geschrieben habe.

Vielleicht ist jedes Wort
nur ein weiterer Ort,
an dem man einfach nichts mehr kriegt.
Vielleicht ist jeder Satz
nur ein Traum, der zerplatzt,
weil man nicht so sein darf, wie man wirklich ist.

Vielleicht ist jede Zeile
nur der kleine reiche Teil,
der sich aufgrund von Geiz zu noch mehr Geld verhilft.
Und vielleicht ist jede Strophe
bloß die nächste Katastrophe,
die am Ende immer nur dieselben trifft.

Sind jedes Komma, jeder Punkt,
all der Kummer und der Grund
für Junggesellenabschiede in Zügen?!
Ist im Kern dann dieses Werk
vielleicht das Ende dieser Welt
und jede unbewusste absichtliche Lüge?

Ich schaue auf den Text
und ich glaube es mir selbst,
da helfen selbst die besten Argumente auch nicht mehr.
Viel zu oft in meinem Leben
hab ich einfach aufgegeben,
wo zur Hölle kommt dann plötzlich dieses
Selbstvertrauen her?

Doch ich kann es nicht mehr ändern,
ich starre auf die Hände
und die Tinte klebt wie Blut an den Fingern.
Und all die Worte bohren sich
tief in meinem Kopf und ich
rufe ihnen zu, zu verschwinden.

»Verschwindet und kommt nie wieder!«
Nur leider hören sie nicht auf und ich bemerk,
ich hab sie leider alle auswendig gelernt ...

Für manche klingt das jetzt wahrscheinlich
wie ein Witz, der ziemlich peinlich ist,
doch höre ich keinen und auch keine lachen.
Doch es kann ja auch nicht schaden,
einen Sündenbock zu haben,
dann könnt ihr ohne schlechtes Gewissen weitermachen.

Weil irgendwann, da kommt der Punkt,
da ist man plötzlich alt genug,
zu verstehen, und man steht vor einer Wahl.
Man wird sich selbst bewusst,
dass man was verändern muss,
oder es ist alles scheiß egal.

Und ist das nicht unfair,
ist das nicht sehr dumm,
ist das nicht zumindest etwas tragisch?
Ich unterstelle euch, dass euch alles egal,
und sorge damit dafür,
dass die Stimmung jetzt am Arsch ist.

Dafür, dass sie nun zu Grunde ging,
will ich mich entschuldigen,
zumindest will ich es versuchen.
Vielen Dank, dass ihr erschienen seid,
und habt ihr bald mal wieder Zeit?
Dann backe ich für alle einen Kuchen.

21, 22

....
21 Der Künstler verlässt unter lautem Beifall die Bühne.
22 Nach kurzer Zeit ebbt der Beifall ab, der Künstler kommt aber
noch einmal zurück.

Die Schwestern

Im Königreiche Maskulin
regierte mit eiserner Hand
ein König, der mit eben jener
manche Feinde zerstampft.

Er war ein Bild von einem Mann,
so trug er Bart selbst auf dem Augenlid,
ließ jeden just enthaupten,
der ganz vorsätzlich das Saufen mied.

Doch er höchst selbst trank niemals Bier,
denn Fakt ist:
Er war härter noch als alle,
drum trank er nur Gehacktes.

Er war der antivegane Machomonarch,
aß nur, was einst Leben geschmeckt,
er besaß einen Regenschirm aus Hirschhodenleder
und ein Bett aus Mett.

Alle warfen sich ihm nieder,
alle sangen seine Lieder,
er brach Welten und Rekorde
in sämtlichen Disziplinen, derart

überlegen seinem Volke,
ganz egal, in welchen,
sein Lümmel maß nur Durchschnitt,
aber den von Elchen.

Er hatte Beine als Arme,
die gediehen vor seiner Leistung,
immer wenn er furzte,
fiel in China ein Sack Reis um.

Und sein Wappen prangte hoch zu Schloss
in lichtem Wetter Himmel:
ein dicker fetter
Bär.

Doch wie der König eines Nachtes nackt
mit tiefem Schauer sah,
wuchs aus der Kehle seines Knies
ein fieses graues Haar.

Und so kam er zu dem Schluss,
um seinen Namen fortzuwähren,
zu adoptiven Zwecken
einen Knaben auszuwählen.

Einen, der ihm mehr als ähnlich war,
nahm er sich dann zum Sohn,
der käme an des großen Königs
Sterbetag zum Thron.

Der erzog ihn sich zum Ebenbild,
zu Plauze sowie Vollbart,
nur wurde zum Problem,
dass dessen Schnauze sehr bald voll war.

Denn der Knabe stand nicht auf blau,
er stand viel eher auf pink,
er stand auch nicht auf Slayer,
er stand viel eher auf P!nk.

Und der König sah bestürzt,
dass er ne Kerze ohne Docht war,
und so schrie er in die Nacht voll Schmerz:
Mein Sohn ist eine Tochter!

Er beschloss, ihm den geilen
Teufel auszutreiben,
und befahl, er solle ihn
ins Freudenhaus begleiten,

doch die Mieder der Damen verfehlten ihr Wirken,
ganz besonders die knappen,
der Prinz war nur scharf auf die Ritter
und ganz besonders die Knappen.

Er ging mit ihm zur Jagd,
doch kam nur fluchend zurück,
statt zu töten, hatte der Bengel bloß
Blumen gepflückt.

Und der Monarch sah jeden Traum
von tiefen Sorgen gequält,
wie sein Sohn mit Bauarbeitern
Rohre verlegt.

Er sah das andre Ufer nicht,
verzweifelte gar,
immer wenn er seinen Sohnemann
in Reizwäsche sah.

In dessen Nachttisch fand er
gruseliges Sexspielzeug,
an seinen Wänden hingen Poster
von den Backstreet Boys.

Doch zu lange ward er von
anderem Adel verlacht,
viel zu viele Nächte zu viele
Gedanken gemacht,

viel zu oft sagte man ihm,
dass niemand schuldtragend ist,
und es knallte ziemlich laut,
als sein Geduldsfaden riss.

Er packte voller Zorn die Axt,
unter der sein Kissen lag,
ging runter zu der Einhornwiese,
wo er einen Prinzen sah,

der hatte sich ein Blümlein
in die Haare geflochten
und der König warf ihn nieder,
schrie: »Was hab ich verbrochen?

Warum hat man mich mit dir
und diesem Elend verflucht,
sowas hat Gott doch nicht gewollt,
als er das Leben erschuf!

Wenn ich dich sehe, fällt es mir
so schwer, daran zu glauben,
darum geh, mir ist egal, wohin,
nur geh aus meinen Augen!«

Und aus den Augen seines Sohnes
bahnte da sich
eine Träne ihre Wege
durch das zarte Gesicht.

Er blickte hoch zu seinem Vater,
den es kalt ließ,
und fragte diesen:
»Was ist, wenn du falsch liegst?

Was ist, wenn es da kein Falsch
und kein Richtig gibt,
was ist, wenn das alles
nicht so wichtig ist,

was ist denn, wenn ich
mich daran verlier,
und was wäre nur,
wenn du mich akzeptierst?

Ich hab nicht einen Grund mehr,
aufzusteh'n, du elendes Schwein,
gönn dir selber einfach mal die Größe,
fehlbar zu sein!

Sieh mir in die Augen und sag mir,
was dich zum Lächeln bringt,
ist es das Gefühl für dich,
dass du mir mein Recht drauf nimmst?

Ich bin alleine, weil ich nur mein Herz
im Stillen schlagen hör,
und wenn sich das niemals ändern sollte,
will ich das nicht mehr.

Und gibt es keinen Weg da raus –
schlag zu und nimm mir das Leben!
Denn wenn ich nicht ich sein darf,
hat es auch keinen Grund mehr, mich zu geben.«

Und der König, starr
von diesem Tone, erschreckt,
sprach, anstatt zu schreien nur:
»Mein Sohn, du hast recht.

Viel zu lange habe ich mich
hinter meinem Bart versteckt,
viel zu oft gab ich vor, nicht ich zu sein,
alles kratzt und alles juckt und das habe ich so satt,
und wegen dir fass ich den Mut, mich zu befreien!«

Und er riss sich den Bart vom Leib und stand nun zart
und weich nackt, gerührt und belebt,
zog Kajal und verlieh sich, linealgeraden Lidstrichs, die
Freiheit und fühlte sich schön.

Und er herzte den Prinzen, geschwärzt von der Tinte,
begannen die Tränen, zu rinnen,
denn der Keim des Gedankens verlieh ihm Gewissheit,
er konnte zu leben beginnen.

All der Zwist und Hader
hatten sich im Gestern verloren,
aus Vater und Sohn
waren Schwestern geworden!

Denn was ist, wenn man falsch liegt?
Wenn jeder Gedanke bloß dumm und veraltet,
denn es braucht nur das Glück, um zu leben,
und es ist so einfach, die Chance zu geben,
und zwar jeder und auch jedem.

23

．．．．．．．．．．．．．．．．．．．．．．

23 Das Licht geht wieder an, die Show ist vorbei.

Der Kommentar

Als ich den Anhang der Mail durchgelesen hatte, stellten sich mir zwei Fragen.

Zunächst fragte ich mich, was ich denn da bitte für eine sagenhaft gute Performance auf die Bühne gezaubert hatte? Jeder Gag saß, die Leute waren offensichtlich völlig zurecht komplett eskaliert und versprochen hatte ich mich auch nicht. Danach fragte ich mich, was denn eigentlich mit Steffi los ist? Als ich den Abend noch einmal Revue passieren ließ, meinte ich, mich aber vage an das rasche Klicken einer Computertastatur zu erinnern, in die jemand vollkommen geisteskrank einen Text einprügelte, der fast so lang war wie ein 122-seitiges Buch. Ich hatte es damals wahrscheinlich für sehr leisen Applaus gehalten und diesen wegen meiner Gesamterscheinung auch nicht hinterfragt.

Dann fragte ich mich aber auch, ob es vielleicht meine eigene Schuld sei und die Ironie in der Ansage der Klausurrelevanz nicht richtig herausgekommen war. Hätte ich *Ironie Ende* sagen sollen? Das wäre im Laufe der Performance wahrscheinlich sehr anstrengend geworden, da der Großteil meiner unerreicht guten Witze auf Ironie beruht.

Nach langem Überlegen kam ich aber zum Schluss, dass es nicht an mir, sondern viel eher an einer Gesellschaft liegt, die einen solchen Druck auf einen Menschen ausübt, dass dieser meint, so etwas tun zu müssen. Als mir dies bewusst wurde, wollte ich ein Zeichen setzen. Gegen den Leistungsdruck, gegen den mentalen Stress und gegen Laptops auf Kulturveranstaltungen. Ich wollte zeigen, dass man es sich gelegentlich auch mal leicht machen sollte und dürfte und dass man nicht bis zur völligen geistigen Erschöpfung arbeiten sollte, nur weil man glaubte, dass das irgendjemand von einer oder einem erwartete. Mein Ziel war es nicht, zu sagen, dass man nicht alles schaffen könnte, wenn man nur hart genug daran arbeitete, sondern dass man das nicht um jeden Preis erreichen wollen sollte. Ich wollte zeigen, dass man auch mit überschaubarem Aufwand etwas erreichen konnte.

Als man mich fragte, ob ich vielleicht ein Buch schreiben wolle, sah ich meine Chance dazu, und ich finde, ich habe sie sehr gut genutzt. Ich habe lange überlegt, wie ich all meine Gedanken dazu in Worte fassen sollte. Als Steffi mir die Mail sendete, kam ich zu dem Schluss, dass ich es mir auch einfach in Worte fassen lassen könnte. Denn was wäre ein größeres Zeichen für konstruktive Faulheit, als ein Buch zu veröffentlichen, das man gar nicht selbst geschrieben hat? Ich widme dieses Buch nicht nur der einen, sondern allen Stefanie Müllers da draußen. Denkt bei allem, was ihr erreichen wollt, daran: Fühlt euch wohl dabei, nehmt euch Zeit und bitte passt auf euch auf.

Liebe Grüße

Flori

Natürlich wäre das ein gutes Schlusswort gewesen, aber dann habe ich noch einmal nachgedacht und beschlossen, Steffis Aufwand zu honorieren. Immerhin hat sie ein komplettes Buch für mich geschrieben und da möchte ich ihr gerne etwas zurückgeben.

Da ich selber schon bei einigen Veranstaltungen in Hörsälen aufgetreten bin, teilweise vor weit über tausend Menschen, würde ich mich schon als eine Art Dozent beschreiben. Infolge dieser Selbsteinschätzung sehe ich mich auch in der Lage, ein paar ECTS-Punkte vergeben zu können. Und auch wenn meine Worte ironisch waren, habe ich sie ja gebraucht und möchte an dieser Stelle zu ihnen stehen.

Auf den folgenden Seiten wird es nun also einen kleinen Test geben, den alle, die dieses Buch aufmerksam gelesen haben, problemlos absolvieren können müssten. Für den Test hast du zehn Minuten Zeit. Anschließend scannst du bitte den fertig ausgefüllten Fragebogen ein, paust ihn ab oder machst eine gute alte Fotografie davon. Wie bei allen seriösen Dozierenden lässt du mir die Dokumente bitte per Social Media zukommen. Die ECTS-Punkte schicke ich dir dann direkt zu.

Ich würde mich freuen, dich bald mal wieder bei einem meiner Seminare begrüßen zu dürfen.

MfG

Prof. Florian Wintels

Die Klausur

Auf welchen Vokal verzichtete der Künstler scheinbar im besten Text der Welt?

_____

Auf welchen Fußballverein setzte der »Versager« im Gedicht »Der Versager« sein Geld?

_____

Welchen Platz belegte die junge Fußballmannschaft im Gedicht »Fußball« am Ende ihrer Saison?

_____

Als wessen Vorband tritt der Hauptprotagonist im Lied »Der eine Wunsch« aus finanziellen Gründen auf?

_____

Welchen Kuchen hatte die Dame in der Warteschlange aus der zweiten Strophe des Gedichtes »Wenn die Welt fair wär, yeah, yeah« mitgebracht?

Aus welchem ungewöhnlichen Material bestand der Regenschirm des Königs aus dem Märchen »Die Schwestern«?

Welche Immobilie in München könnte man laut Autor im Werk »Was kostet Geld?« mit einer monatlichen Gesamtmiete von 1.000 € beziehen?

Mit welcher Flüssigkeit wurde der Enkel vom Kaktus im »Gute-Nacht-Märchen« drei Jahre lang gegossen?

In welchem Alter machte der Hauptcharakter im »Applaus«-Text sein Abitur?

Wie heißt die Traumfrau des Besungenen im Lied
»Fernseher«?

_____

Welcher Funfact wird im Gedicht »Von der Liebe und der
Stille« gedropt?

_____

Mit welchen Geschöpfen bewirft die Nebendarstellerin
aus dem Text »Die Waffe« die Rentner?

_____

Was sind die perfekten letzten Worte aus dem Text »Die
perfekten letzten Worte«?

_____

Bei Lektora erschienen

Florian Wintels

Sieben auf einen Scheiß

»Sieben auf einen Scheiß« von Poetry Slammer Florian Wintels ist viel weniger eine Textsammlung als eine kleine Oase der Explizitlyrik, in der sich Fäkalhumor mit geschliffener Technik meist fast musikalisch rhythmisiert zu Texten und Geschichten, Wortkaskaden und Welten eröffnet, welche sich in ihrer Schärfe und Brisanz mal schleichend, mal mitten ins Gesicht, zumindest unvergessen machen. Das erste Märchenbuch, das Kinder ihren Eltern vorlesen sollten.

Stimmen zu Wintels:

»Rappende Slammaschine«
(ARD)

»Abstoßend derb«
(Neue Westfälische)

»Reichlich knusper«
(Johannes Floehr)

ISBN 978-3-95461-037-2
10,00 Euro

www.lektora-verlag.de/shop